エリートパイロットは
初心な彼女への滴る最愛欲を隠せない

marmaladebunko

河野美姫

marmalade bunko
マーマレード文庫

目次

エリートパイロットは初心な彼女への滴る最愛欲を隠せない

エリートパイロットは
初心な彼女への滴る最愛欲を隠せない

プロローグ

まばゆい太陽の光と熱が降り注ぎ、初夏の風が爽やかに吹き抜ける。

青みを帯びたような白いセーラー服が風を含んで膨らみ、濃紺のスカートがふわりと揺れた。

羽田《はねだ》空港の第二ターミナルにある、展望デッキ。

そこに立つ私――春川美羽《はるかわみう》の眼前に広がっているのは、銀翼を大きく広げた堂々たる風格のジャンボジェット機。

その美しく逞しい姿は、まるでこれから大空を翔けることを楽しみにしているようにも見えた。

「……あれ？」

ふと、人の気配が消えたことに気づく。

ついさきほどまで、ここは家族連れや望遠レンズを装着したカメラを構える人たちで賑わっていた。

けれど、いつの間にか周囲に人の姿はなかった。

（わぁっ、こんなの初めて……！　束の間だろうけど、すっごく贅沢な気分！）

テスト期間を終えたばかりの今日、夏休み前で浮足立った友人たちからのカラオケの誘いを丁重に断り、一目散にこの地にやってきた。

大好きな場所を独り占めできるなんて……。

昼食をそっちのけで電車を乗り継ぎ、駅から走ってきた甲斐がある。

苦手科目の英語を最終日に残したテストは、思いのほか手応えがあった。

もしかしたら、これは好きなことを我慢してテスト勉強に勤しんだ私への、神様からのご褒美なのかもしれない。

そんな思いが胸を駆け巡り、浮かれる心がさらに弾んだ。

（あっ、そろそろ時間だ）

離陸時間を把握している私は、バイト代を必死に貯めて購入したばかりのデジカメを両手でしっかりと持った。

まだ操作に慣れていないせいでもたつきつつも、滑走路に向かってゆっくりと動き出した機体をモニターに捉える。

ドキドキする拍動を抱え、真剣な表情でシャッターボタンに人差し指を乗せた。

時間をかけて方向を変えていく機体が、ランウェイにその身を構える。

主翼を大きく広げて太陽の光を浴びる様は、鋼鉄の胴体をより美しく際立たせ、これから地上を離れる姿にふさわしく思えた。

自然と心が逸り、鼓動がドクンと脈打つ。

幼い頃から繰り返し見てきた光景なのに、興奮と期待で胸が疼く。

ワクワクして、一瞬たりとも目が離せない。

ランウェイを進み出したジャンボジェット機が加速していく。

機体は、滑るように地上を駆けて徐々に機首を持ち上げ、離陸体勢に入る。

胴体が左上に向かって、ランディングギアがふわりと浮く。

直後、地上から飛び立った大きな機体は、そのまま一直線に空を目指した。

重力をものともせず、ただその先にある大空を目指す。

まるで迷いなどないと言わんばかりに、強い意志を持っているがごとく。真っ直ぐ、真っ直ぐに宙を進む。

そして、白い雲が流れる初夏の青空に吸い込まれるように、小さくなっていった。

「かっこいい……」

自然と漏れ出た声が、夏の匂いを孕んだ風にさらわれていく。

けれど、興奮冷めやらぬ気持ちでデジカメのモニターを確認したとき、ため息交じりに眉が下がった。

「嘘……！　全然撮れてない……」

がっくりと肩を落としながら、そういえば……と思う。

デジカメを構えた最初こそ写真を撮ることに注力していたのに、気づけば離陸する飛行機を見ることに集中しすぎて、撮影が疎かになっていた……と。

「どれもブレてる……っていうか、ほとんどフレームに収まってないよ……」

デジカメを購入したのは、わずか一か月ほど前のこと。

父に同行してもらい、ようやく念願のものを手に入れられたのはよかった。

ただ、そのあとにテスト期間を控えていたため、今日までろくに使う機会がなかった。上手く扱えなくても仕方がないのだ。

頭では自分自身に言い聞かせつつも、がっかりする気持ちは拭えない。

なぜなら、私がデジカメを構え始めてから、かれこれ一時間。

人がいなくなった今は、最高のポジションを思う存分陣取って撮影できる絶好のチャンスだった。

それなのに、今日一番の幸運をちっとも活かせなかったのだから。

もっと言えば、数回目の失敗というのも追い打ちをかけた。

（いやいや、たった数回くらいで落ち込まない！　まだチャンスはあるはず！）

気を取り直した瞬間、肩からずり落ちそうになったスクールバッグに気を取られ、デジカメが手から滑り落ちた。

「あっ……！」

心臓が縮こまるようにヒヤリとしたけれど、咄嗟に伸ばした手は届かない。

ところが、デジカメは地面に叩きつけられる寸前に、骨ばった手の上に乗った。

「……ギリギリセーフ、だったかな」

落ち着いた低い声。

それは、慌てていたようでいても優しくて、穏やかな雰囲気を纏っていた。

顔を上げると、その人の双眸と私の視線がぶつかる。

刹那、鼓動がトクンッ……と音を立てた。

「はい。間に合ってよかった」

目の前に立っている男性が、切れ長の一重瞼の目を柔らかく細める。

優しげな笑顔に呆然としたまま見入っていると、彼が私の手のひらにデジカメをそっと乗せてくれた。

「ありがとう、ございます……」

ぼんやりとしていた私は、戸惑いながらも腰を折る。

頭を深々と下げた私に、男性が「どういたしまして」と唇で弧を描いた。

彼から目が離せなかったのは、努力して購入したばかりのデジカメを救ってもらったせいか、それとも私に向けられている柔和な表情のせいか……。

どちらも正解だけれど、どちらも少しだけ違う。

きっと、一番の理由は、男性がパイロット制服を着ていたから。

白亜のような半袖のパイロットシャツ。

その左胸には、国内大手航空会社のエンブレムが入ったウィングバッジ。

肩で目立っているのは、濃紺の生地にゴールドのラインが三本入った肩章。

ネイビーのシンプルなネクタイには、ウィングバッジに合わせたデザインのタイピンがついていた。

シャツから覗く腕には適度に筋肉がつき、男性らしく血管が浮いて筋張っている。

濃紺のスラックスを纏う足は長くて、身長が高いのもスタイルがいいのも一目瞭然だった。

「飛行機、好き？」

「はいっ！」

鼓動がトクトクと脈打つのを感じながら、思わず前のめりに返事をする。

彼はクスリと笑った。

なんだか照れくさくて、それをごまかすように口を開く。

「あ、でも、飛行機よりも空港の雰囲気が好きっていうか……」

「そうなんだ」

「はいっ……！　地上から飛行機が飛び立つ瞬間や機体が空に吸い込まれていくところをここで見るのが好きなんです！」

「うん、わかるよ」

しみじみとした口ぶりの男性が頷く。

私の意見に共感してもらえたのは初めてで、胸の奥から喜びが突き上げてきた。

おもむろに空を見上げた彼が、再び私を見る。

ふわりと柔らかな笑みを浮かべられて、鼓動が大きく高鳴った。

心がくすぐったくて恥ずかしいような、なにも悪いことはしていないはずなのに身の置き場がないような……。

なんだか変な感覚に包まれて、どぎまぎしてしまう。

そんな私を余所に、男性はフェンス越しにターミナルが見渡せる景色を背にする。

優雅な仕草で高欄にもたれかかると、再び視線を向けられた。

「もしかして、将来はＣＡを目指してる？」

その質問に躊躇したのは、ほんの一瞬のこと。

まだ誰にも話したことがなかったのに、私はほとんど迷うことなく首を横に振ってから、おずおずと答えを声にした。

「私はグランドスタッフになりたいんです」

仲良しの友人にも、関係が良好な両親にも言ったことがない、自分の夢。

家族だけには『空港で働いてみたい』と口にしたことがあるけれど、きっと誰も私がグランドスタッフを目指しているなんて思っていないだろう。

にもかかわらず、たった今、初めて会った男性に素直に打ち明けていた。

こんなことをしてしまった自分の気持ちがわからなくて、胸の奥から戸惑いが芽生えてくる。

「それは残念だ」

「え？」

肩を竦めた彼の落胆した物言いに、首を傾げてしまう。

なにが残念なのか……と疑問に思っていると、意味深な微笑を寄越された。

「君と空の旅をしてみたかった」

「……っ！」

含みのある悪戯な笑顔に、鼓動が早鐘を打つ。

落ち着きがなかった心臓が、ドクンドクンと大きな音を立てて動いている。

自分自身に向けられたその言葉を、どう捉えればいいのか判断できない。

からかわれたのかもしれない……とようやく気づいたとき、男性がおもむろに腕時計に視線を落とした。

「そろそろ行かないと」

独り言のように呟き、真っ直ぐな目が私を見る。

まだ平静を取り戻せないでいる私に、彼が瞳をたわませたまま口角を持ち上げた。

「一緒に飛べないけど、グランドスタッフも大切な仲間だ。夢が叶うといいね」

穏やかな声が、鼓膜を優しくくすぐる。

ドキドキと騒ぎ続ける心臓に邪魔をされて。少しずつ離れていく男性の背中を見つめているのがやっとで。

なにか言いたいのに、言葉が出てこない。

程なくして、彼は優しい笑顔だけを残し、展望デッキから姿を消した。

初めて誰かの前で夢を口にした。

その興奮か、初めてパイロットと話したせいか……。

呼吸が浅くて、鼓動もまだ落ち着かない。

お礼も挨拶も返せなかったし、男性の名前も訊けなかった。

微かな後悔が芽生えたけれど、まだ平静を取り戻せない心の中には彼の笑顔と言葉がしっかりと刻まれていた。

忘れられない、十七歳の初夏のこと──。

第一章　Take off

一、銀翼が似合う男性《ひと》

自宅近くの公園で満開の花を咲かせていた桜が散ったのは、まだ先週のこと。

四月上旬の穏やかな気候に、心が軽やかな気分になる。

私は国内最大手の航空会社、『Japan Wing Airlines』——通称『ＪＷＡ』のグランドスタッフとして、羽田空港で勤務している。

幼い頃から父に連れられて何度も遊びに来た空港が大好きで、いつしか空港で働きたいという夢を抱くようになった。

都内の大学を卒業後、晴れて第一志望のＪＷＡに就職し、今春で四年目。

業務内容は多岐にわたり、お客様の案内、搭乗手続きの対応、到着便に合わせた到着案内など、とにかく様々なものがある。

この丸三年、毎日のように通っている羽田空港は幼い頃のまま大好きで、あの頃のように無邪気に楽しんでばかりではいられないけれど、日々充実している。

もちろん、ここに至るまでの努力は怠らなかった。

大学では航空会社に勤務することを視野に入れて苦手な英語と中国語を専攻し、プライベートではマナー講座に通い、体力作りは今でも欠かさない。

就職後には、膨大な専門用語に泣かされたり、身だしなみやマナーを徹底的に叩き込まれたりと、毎日寝る間も惜しんで勉強に勤しんだ。

研修期間中は、あまりの厳しさに弱音が漏れそうで、なかなかつらかった。

座学はもとより、実務訓練では数々の失敗を犯し、何度落ち込んだかわからない。

それでも、好きな場所で働けるということが心の支えになり、同期入社の高井戸華《たかいどはな》と仲良くなれたこともあいまって、ここまでなんとか挫けずにやってこられた。

同い年の彼女は、ショートカットがよく似合っている。サバサバした性格で、仕事ができる上に同僚や後輩の面倒見もいい。

今では一年後輩の日野愛子《ひのあいこ》ちゃんとも親しくなり、三人で飲みに行くこともある。

大変なことは数え切れないほどあるし、グランドスタッフの仕事は見た目ほど華やかな世界でもない。

ひとたびトラブルが起きれば空気が緊迫し、お客様から理不尽なクレームを受けることも決して少なくはないため、神経をすり減らすのは日常茶飯事だ。

お世辞にもラクな仕事だなんて言えないけれど、それでもこの仕事が大好きだと胸を張って言える。

「あと三十分ですね」

「うん、そうだね。でも、まだ気を抜いちゃダメだよ」

「わかってます」

モカブラウンのボブヘアの髪を耳にかけた愛子ちゃんが、二重瞼の瞳で弧を描く。

悪戯っぽく微笑む様が可愛いと評判の彼女は、ウキウキしているようだった。

「でも、今日は高校時代の友達と飲みに行くので、速攻で上がりたいんですよね」

「あともう少しだから頑張ろうね」

愛子ちゃんが「はい」と頷き、近づいてきたお客様に笑みを向ける。

今日の私たちの担当は、国内線のチェックイン業務。

チェックインカウンターで航空券の発券や座席の指定、乗り継ぎの案内などをこなし、他にもお客様からの質問に答えたりする。

今はインターネットでも航空券を手配できるため、自動チェックイン機を使用される方も多い。

けれど、まだまだ対人での対応も少なくはない。

ありがたいことに、天候に恵まれたここ数日は大きなトラブルはなかった。

今日もフライトが順調だったおかげで、あともう少し頑張れば無事に仕事を終えられそうだ。


終業時刻を迎えると、愛子ちゃんは一目散に帰っていった。

金曜日の今夜は久しぶりの女子会らしく、友人たちには『一時間でも参加したいから遅れて行く』と伝えてあったのだとか。

早着替えかと思うほどの速度で着替え、秒速でメイク直しを済ませた彼女に、元気だなぁ……と苦笑してしまった。

私たち、ＪＷＡのグランドスタッフの勤務形態は早番・中番・遅番の三交代制で、中番の今日の勤務は二十一時半まで。

航空会社や勤務地によっては二交代制だけれど、羽田空港は二十四時間開いているため、必然的に深夜の勤務もあるのだ。

早番は五時半から十四時半、中番は十二時半から二十一時半、遅番は二十一時から翌朝六時。

一時間の休憩を挟んだ実働八時間とはいえ、三交代制のシフトは体が時差ボケのような状態になることもあり、疲労が溜まりやすい。

この時間に仕事を終え、明日は遅番というシフトの中、私なら間違っても飲みに行こうなんて考えられなかった。

同じ中番だった華は、明日はオフのため、同棲中の恋人と飲みに行くらしい。

まだ更衣室にいた彼女は、嬉しそうに恋人に連絡していた。

（ひとりで寂しく帰るのは私だけかぁ……）

自嘲交じりに微笑み、羽田空港第二ターミナル駅のホームに向かう。

京急空港《けいきゅうくうこう》線で五つ目にあたる糀谷《こうじや》駅、そこから徒歩でおよそ十分。

大田《おおた》区内にある二階建てアパートの二階の角部屋が、私の小さな城だ。

築四十五年のアパートは八年前にリフォーム済みらしく、築年数のわりには外観も内装も新しく見える。

おしゃれな街ではないけれど近所には商店街があり、買い物には困らない。

トイレとバスルームがセパレートタイプなのが嬉しく、なによりも通勤に便利だというのが一番の決め手になった。

1DKの部屋は決して広いとは言えないものの、自分のペースで生活でき、好きなものばかりに囲まれて過ごせる一人暮らしは快適だ。

時刻は二十二時半近く。

食事は、昨夜のうちに作っておいたカレーとサラダでサッと済ませた。

この時間にカレーを食べることに罪悪感を抱きながらも、食べないと体が持たないことはよくわかっている。

新人時代に疲労から睡眠欲ばかりが勝り、食事を疎かにしたせいで瞬く間に痩せ、周囲に散々心配をかけてしまった。

身長が一五五センチに対して四十七キロ前後だった体重が五キロも落ちれば、痩せたというよりもやつれたようにしか見えない。

支給されたばかりの制服のスカートが緩くなり、顔色もとても悪く、業務に集中できなくて仕事中にぼんやりすることが増えてしまった。

華や両親には心配され、上司や先輩には苦言を呈される始末。

そこでようやく、自己管理ができていなかったことを猛省した。

どんなに仕事が好きでも資本である体に不調を来せば、きちんと業務をこなせるわけがない。

それを痛感して以来、食事と睡眠に加え、適度な運動も欠かさなかった。

特に、食事はできる限り自炊をする。

たまにはコンビニやスーパーの惣菜を利用することもあるけれど、夜勤前や休みの日に纏めて作り置きを準備するようにしている。

そうすることで節約にもなるし、なによりもバランスのいい食事を摂れば健康によく、ダイエットにもなる。

身だしなみに厳しい航空業界に身を置いていると、健康と同じくらいスタイル維持も重要であるため、一石三鳥なのだ。

欠伸を噛み殺しつつお風呂を済ませると、どっと疲労感が押し寄せてきた。

それでも、念入りなスキンケアのあとにはストレッチも忘れずに行う。

ジムに行けない日でも、どんなに帰宅が遅くなっても、しっかりと体を解してから寝る方が疲労が残りにくいため、就寝前のルーティンなのだ。

幸い、明日は遅番で朝はゆっくり眠れるということが、睡魔に負けそうな私をこらえさせた。

(明日はお昼前までゆっくりして……家事と買い出しをしなきゃ)

ベッドの中で微睡みながら、なんとなく明日のスケジュールを決める。

気づけば、夢の中に誘われていた。

翌日出勤すると、昨夜の女子会の話題を提供してくれる愛子ちゃんとともに、持ち場に向かった。

今日の私たちの担当は、国際線の搭乗案内。

業務内容は、搭乗ゲートにやってくるお客様のチケットを確認したり、案内をしたり……といったものだ。

夜の便ということもあって、昼間よりはお客様が少ない。

けれど、スタッフの人数も減らされているため、忙しいことには変わりない。

「あっ、栗原《くりはら》キャプテンと天堂《てんどう》さんですよ」

彼女の声につられて視線を追うと、華やかな団体がこちらに向かってきていた。

先頭にいるのは、フライトケースを手にした機長の栗原浩二《こうじ》さんと、副操縦士の天堂晴翔《はると》さん。そして、交代要員として搭乗するもうひとりの機長。

その後ろには、数名のCAがいる。

栗原さんが着ている濃紺のジャケットの袖章にはゴールドの四本ラインが、同色の帽子にはツバの部分に金色のリーフ模様が描かれている。

彼は長らく第一線で活躍されているパイロットで、機長としても信頼が厚い。

後輩の育成にもしっかりと取り組むところからは厳しさも窺えるけれど、私たちグランドスタッフにも分け隔てなく優しく接してくれる。

五十代後半には見えない若々しさと清潔感があり、愛妻家だという噂も彼の魅力を引き立てていた。

副操縦士――『コーパイ』と呼ばれる天堂さんは、三十代前半ながらコーパイとしての経験が長く、同年代では機長に一番近い人だと言われている。

冷静沈着であまり笑う人ではないというイメージだけれど、同僚はもちろん、上司や後輩、ＣＡからも信頼されている。

また、容姿端麗であることから、ＣＡやグランドスタッフを含む女性たちからのアプローチが多く、玉砕した女性は両手両足の指では足りないのだとか。

それがどこまで本当なのかはわからないけれど、憧れを抱く人たちの気持ちはわからなくはない。

切れ長の一重瞼に、キリッとした眉。

整った鼻梁に、少し厚めの唇。

すっきりとしたビジネスショートの髪には艶があって、制帽がよく似合う。

分けた前髪から覗く瞳からは、意志の強さが窺えるようだった。

適度に日焼けした肌は、一言で言うなら健康的。

パイロット制服の上からでも鍛えられていることがわかる体は、思わず見入ってしまうこともある。

伸びた背筋は美しく、立ち居振る舞いからは自信が満ち溢れ、ついつい目で追いたくなる魅力がある人なのだ。

加えて、清涼感を纏ったような爽やかさもある。

仕事に対してはストイックで、お客様や子どもへの対応はお手本のように丁寧で笑顔も欠かさない。

さらには、語学も堪能で、マルチリンガルなのだとか。

「お疲れ様です」

私と愛子ちゃんが頭を下げて口々に「お気をつけて」と声をかけると、栗原さんと天堂さんは「お疲れ様」と返してくれた。

二十二時二十分発のシドニー行きの飛行機は、きっと今日も安全で快適な空の旅を楽しめるだろう。

彼らには、そんな風に思わせてくれる経験と技術、そして知識と信頼がある。

「かっこいいですよねー」

うっとりしたような彼女の言葉に、素直に頷きたくなった。

「天堂さんって恋人とかいると思いますか？」

「そういう噂は聞かない人だけど、いてもおかしくないんじゃないかな」

「ですよねー。三十四歳でイケメン、コーパイ、語学堪能！　しかも、同年代では一歩どころか数歩は抜きん出てますもんね。元カノは美人ＣＡの道岡《みちおか》さんだって噂ですし、それ以外にもフランスやイタリアに恋人がいるとかいないとか……」

さすがに最後はただの噂だと思うけれど、天堂さんなら恋人くらいはいるだろう。

「仕事ができて誠実でフリーのパイロット、うちにいませんかねぇ」

愛子ちゃんの口癖に、「どうかな」と小さく笑って返す。

彼女の目標は、パイロットと結婚することらしい。

最初こそ話半分に聞いていた私と華も、愛子ちゃんが本気でそう口にしているのだと知り、今ではまったくブレない彼女に尊敬の念すら抱くようになった。

どこか小悪魔な雰囲気の愛子ちゃんは可愛くて、男性スタッフやファーストクラスに搭乗するお客様からもよく声をかけられているけれど、誰にも靡かない。

そういう裏表のない素直さも、彼女の魅力のひとつだと思う。

「美羽さんは、クールな天堂さんと優しい栗原さんならどちらがタイプですか？」

「タイプって……」

「ほらふたりとも系統が違うイケメンですし、美羽さんってあんまり恋愛の話とかしないので、どういう男性がタイプなのかなって思って」

思わず苦笑を零したのは、本気で答えに困ったから。

実は、私はこれまでに恋人がいたことがない。

好きな人や気になる人ができたことはあった。

けれど、いい雰囲気になっても私の悪い癖のせいで上手くいかず、恋愛には無縁のまま二十五歳まで来てしまったのだ。

飛行機好きだった父は、幼い頃から兄と弟と私の三人を、よく羽田空港に連れていってくれた。

兄弟の中で空港や飛行機に一番興味を抱いたのが、私。

兄と弟が『飽きた』と言って父に付き合わなくなっても、私だけはずっと行動を共にした。

それは中学生になっても変わらず、高校生になるとひとりで羽田空港に足を運ぶようになった。

その後、飛行機の写真を綺麗に撮りたいという理由でバイト代を貯めてデジカメを購入してからは、そんな行動にますます拍車がかかった。

私にとって、空港はカラオケやショッピングよりも楽しく、魅力的な場所。

何度訪れても飽きることはなく、むしろ足を運ぶたびに小さな発見が増え、航空機のかっこよさに魅了されていった。

友人たちには変わり者扱いされることもあり、母や兄弟にも呆れられる始末。

父だけは、『俺に似たんだよ』と今でも嬉しそうだけれど……。

そんな幼少期と青春時代を送った私も、恋に憧れなかったわけじゃない。

恋人ができた友人たちを羨ましく思い、いつか自分もみんなのように好きな人と想い合い、付き合える日が来ると夢見ていた。

ところが、そう上手くいかないのが現実。

なんとなく気になる男の子ができても、いざどうなりたいのかと考えるとよくわからず、もっと言えば一緒に過ごしたいなどとはあまり思えなかった。

気になる男の子と遊ぶよりも、空港に行きたい。

カラオケやテーマパークに繰り出すよりも、空港で過ごしたい。

映画を鑑賞するよりも、空港であらゆる航空機が見たい。

そんな気持ちばかりが強く、誘われても乗り気になれなくて。一緒に遊んだとしても、空港にいるときのようなワクワク感も楽しさもなく、つまらなかった。

極めつけは、いい雰囲気になった男の子から誘われて『空港に行きたい』とリクエストしてみたときに、『なんで？』と微妙そうな顔をされたこと。

以来、よりいっそう恋愛から縁遠くなり、今に至る——というわけだ。

今年で二十六歳になるため、母は恋人の存在が見えない私のことを心配しているけれど、のらりくらりとかわしている。

もちろん、人並みに焦りや不安もある。

華のように恋人がいる同僚や友人を羨ましく思うことはあるし、愛子ちゃんみたいにはっきりとした目標がある人には尊敬の念もある。

とはいえ、そういう感覚を持ったところで行動に移さなければなにも起こらない。

にもかかわらず、自ら恋活や婚活をするほど積極的にもなれなかった。

二重瞼の瞳に、ぷっくりとした唇。

母親似の鼻筋は、よく綺麗だと褒めてもらえるけれど、スッピンだと童顔気味。

華のような美人系ではなく、愛子ちゃんのように小悪魔的な可愛さもない。

そういう外見的な面も、私をさらに消極的にさせるのかもしれない。

「美羽さん、聞いてます？」

「うん、聞いてるよ。ただ、私には栗原さんも天堂さんも雲の上の人っていうか、どっちがタイプとかも考えられないかな」

「えー、どっちがタイプとかありませんか？　ほら、顔でも性格でも」

食い下がる愛子ちゃんに、「ないない」と笑う。

彼女は少し不服そうにしつつ、「美羽さんって変わってますね」と苦笑した。

「それより、仕事仕事。そろそろお客様が来るから、私語はここまで」

「はーい。でも、今度飲みに行ったときには色々話しましょうね」

曖昧な笑顔を返し、搭乗ゲートにやってきたお客様のチケットをチェックする。

既婚者の栗原機長はもちろん、天堂さんだって私にとっては雲の上の人だ。

天堂さんに対しては、かっこいいとか素敵だと思う気持ちもあるけれど、それは芸能人に対する憧れみたいなもの。

特別親しくなることもない私には、彼をタイプかどうかで振り分けることすらおこがましく感じる。

ただ、私が知る限り、天堂さんは誰よりもパイロット制服が似合う人だな……とは思うけれど。

パイロット制服で飛行機の傍にいると、彼の魅力がさらに増す。

あれほどまでに銀翼が似合う男性は、私の中では今のところ他にはいない。

誰にも言ったことがないけれど、天堂さんのことは尊敬や憧れとは別のところで、実はそんな風に思っていたりする。

彼のジャケットの袖口の三本のゴールドラインが四本になる日を、密かに楽しみにしているひとりなのだ。

(……って、仕事中！)

うっかり余計なことを考えていた私は、改めて頭を仕事モードに切り替える。

それからは、空が白み始めるまで慌ただしく業務をこなした。

二、憧れの人からの助け船

数日後、解放感に包まれていた。

中番だった今日は、華も愛子ちゃんも休みで少しばかり寂しかったけれど、明日は私も休みなのだ。

（久しぶりにのんびりするか、それとも海外ドラマをひたすら観るか……）

第二ターミナルの展望デッキで、着陸したばかりのジャンボジェット機を写真に収めつつ、明日の過ごし方を考える。

一瞬、たまには成田《なりた》空港に行ってみようかと悩んだけれど、一番のお気に入りの場所であるここには敵わないと思い、早々に候補から外した。

デジカメで撮ったばかりのデータをスマホに転送し、ＳＮＳアプリを開いて数枚の写真を投稿する。

写真とハッシュタグを使用するＳＮＳに写真を上げるのが、私の密かな楽しみだ。

日課というほどではないけれど、休憩時間や就業後に展望デッキを訪れて様々な航空機の写真を撮り、週に数回ＳＮＳに投稿している。

空港と航空機の写真しか載せていないし、カメラの腕がいいとは言えない。

にもかかわらず、徐々に見てくれる人が増え、今では数千人のフォロワーがいる。

自分が好きなものに共感してくれる人たちとシェアできることが嬉しくて、いつしか趣味のひとつになっていた。

このデジカメは、就職後に初めてのボーナスで購入したもの。

高校生のときにバイト代を貯めて買ったカメラよりもずっと高価で、望遠レンズも一緒に購入したため、格段に綺麗に撮れるようになった。

満足感でいっぱいになりつつ、駅に向かうために羽田空港を後にする。

「あの……」

直後、自動ドアの傍にいた男性に声をかけられた。

気を抜いていた私は、足を止めて振り返ったあとで嫌な予感に包まれる。

「僕のこと、わかりますか？　さっき、荷物のことでお世話になった者です」

私に声をかけてきた三十代前半くらいの男性は、ニヤニヤと笑っていた。

嫌悪感に似たものが込み上げてきたことは、営業スマイルで隠す。

あくまで業務の一環であると主張するがごとく、「はい」と冷静に頷いてみせた。

「まだなにかございましたか？」

「ああ、そうじゃなくて……今日のお礼に、食事でもどうかなと思って」

男性が今日の夕方の便に搭乗していたお客様だとすぐにわかったのは、彼の手荷物が行方不明になったと相談を受けたから。

荷物自体はすぐに見つかり事なきを得たけれど、安堵したのも束の間。

今と同じように『お礼を』と言われ、丁重に断ったはずだった。

私にとっては業務をこなしたに過ぎないし、そうでなくてもこの男性と食事に行くなんて考えられなかったから。

「いいえ、お気持ちだけで。ああいったことも私共の仕事ですから、お気遣いなきようお願いいたします」

「いや、でも……僕、ずっと待ってたんですよ？」

その言葉に、背筋が凍った。

おどおどしたようでいて、彼の目はまるで私の全身を舐め回すようだった。

それが不快であっても、お客様が相手では顔に出すわけにはいかない。

ただ、この男性が乗っていた便が到着したのは十六時過ぎ。荷物の件は、その三十分後には解決している。

あれから五時間以上が経つというのに、彼は『ずっと待ってた』と言った。

つまり、いつ仕事が終わるかわからない私を、ここで待ち伏せしていたのだろう。

恐怖心を抱くのは、ごく普通のことに違いない。

仕事中ならさりげなく逃げるか、同僚に助けを求めることもできる。

実際、ＣＡほどではなくても、グランドスタッフに声をかけてくる男性は少なくはないし、そういうときにはお互いにフォローし合うのが常だ。

けれど、今は頼れる同僚は近くにいない。

その上、私服姿の私が帰宅するところだというのは一目瞭然だろう。

三年以上もこの仕事をしていれば角を立てずに断る術も身につけられたものの、数時間も待ち伏せされたのは初めて。

運悪く、空港内から微妙に死角になっている位置でもあるということに気づき、さすがに怖くて動揺してしまった。

「少し食事するだけでもいいんです。どうしてもお礼がしたくて……。ね？」

じっとりとした目つきに、体が震えそうになる。

必死に虚勢を張るのが精一杯で、今すぐにこの場から離れたくて仕方がなかった。

「本当にお気持ちだけで……」

声まで震えそうになり、どうするのが正解なのかわからない。

もしこのまま駅に向かっても、後をつけられるんじゃないだろうか……なんて恐ろしいことまで浮かんでしまう。

私の仕事がいつ終わるのか、終わったとしてどのルートで帰宅するのか。

そんなことすらわからないのに、五時間以上も待っていたような人だ。

ここで断ったところで本当に理解してくれるのだろうか。

冷静な判断ができなくなっていく。

「そんなこと言わずに。別にどこかに連れ込んだりしませんから」

すると、男性が痺れを切らしたように足を踏み出し、私の腕を掴んだ。

「……っ」

飛び出そうだった悲鳴を咄嗟に押し込めたのは、周囲にお客様がいたから。

ここで大騒ぎしてしまえば、大ごとになるかもしれない。

自分のことよりもそんな心配が過り、あっという間に窮地に追いやられていく。

とうとう体が震え始め、言葉も上手く出てこなくなったとき。

「お待たせ」

背後から肩を優しく引かれ、目の前の男性との距離がわずかに開いた。

「悪い、仕事が長引いたんだ」

反射的に振り返った私は、視界に飛び込んできた男性を前に瞠目する。

なぜここにいるのか、どうして声をかけられたのか。

よくわからないまま硬直していると、「そちらの方は知り合い？」と尋ねられた。

「……本日、弊社の便を利用されていたお客様です」

目の前にいるのは、仕事以外で一度も話したことがない天堂さんだった。

私の答えから察したのか、天堂さんは男性に掴まれたままの腕に視線を遣る。

「そうでしたか。本日も弊社をご利用いただきまして誠にありがとうございます」

笑顔なのに、有無を言わせない威力のある視線に男性が怯んだのがわかった。

天堂さんもそれに気づいたようで、男性の力が緩んだ瞬間を逃さずに私の体を引き寄せてくれる。

「では、私共は急ぎますので、これで失礼いたします」

そして、平然とした笑顔を残し、当然のように私の手を引いてその場から離れた。

「あ、あの……っ」

「黙って。それと、絶対に振り向くな。まだ俺たちのことを見てる」

声を潜めた天堂さんの言葉に、背筋が戦慄く。

途端に、あのじっとりとした視線が体に纏わりつくような錯覚を抱き、膝が震えそうになった。

私が落ち着いて呼吸ができたのは、さきほどいた場所から離れて駐車場に着き、あの男性がついてきていないことを自分の目で確認できたあとのこと。

「大丈夫か？」

手が離されたことに気づいたのと同時に、気遣うような声が降ってきた。

震えていた足に力を込めつつ、「はい」と頷く。

「助けていただき、ありがとうございました。本当に……助かりました……」

萎んでいった声が、立体駐車場に小さく響いた。

情けなくて、恥ずかしくて。けれど、安堵感でいっぱいだった。

「ああいうときの対処法、新人研修で習っただろ？」

「すみません……」

呆れたような目を向けられ、小さくなる。

新人研修で、待ち伏せされたときやしつこいお客様への対応は習った。

『同僚や上司にさりげなく助けを求める』か『空港内に戻る』といった、特に珍しくも難しくもない方法だ。

ところが、そんな簡単なことができなかった。

「別に怒ってるわけじゃない。ああいうときは、まず空港内に戻る。そのあとで近くにいる守衛と上司に報告して、タクシーを呼ぶ」

「はい……」

ようやく冷静になれた今、頭ではそうすればよかったのだとわかる。

ただ、あのときは対応に困り、なにもできなかった。

事なきを得たのは、天堂さんが助け船を出してくれたから。

彼が手を差し伸べてくれなければ……と思うと、恐怖心が蘇ってゾッとした。

「とにかく周りに助けを求めろ。君になにかあってからでは遅いんだから」

天堂さんは小さなため息をつくと、静かな口調でたしなめた。

その声音は厳しいのに、どこか優しくて。膨らんだ安心感とともに、鼻の奥にツンとした鋭い痛みが走る。

私は「はい」と頷き、お礼を言いながら頭を深々と下げた。

「あの……なにかお礼させてください」

「気にしなくていい。たまたま通りかかったから声をかけただけだ」

きっぱりと断った彼に、ためらいつつもかぶりを振る。

「それでも、私は本当に助かったので……。ご迷惑でなければ、なにかさせていただきたいです」

天堂さんは眉を寄せ、どこか困ったように私を見ていたけれど。

「明日は仕事?」

程なくして、そんなことを訊いてきた。

「えっと、お休みですけど……」

「俺もオフだ。じゃあ、これから食事に付き合ってくれるか?」

予想外の提案に、目を真ん丸にしてしまう。

それでも、彼の気が変わらないうちに「ご馳走させていただきます」と答えた。


天堂さんの車に乗せられて、助手席で緊張感に包まれること、約十五分。

着いたのは、大田区にあるイタリアンバルのお店だった。

彼に促されるがまま車から降り、店内に入る。

外観から予想したよりも座席数が多く、ウッド調のテーブルセットが並んでいる。

暖色系の照明が照らすグリーンがナチュラルな雰囲気を醸し出し、どこかホッとできるような心地になった。

「ここ、よく来られるんですか?」

「頻繁に来るわけじゃないが、この時間でも帰宅ついでに立ち寄れて、料理がおいしくて店内の雰囲気もいい。好条件が揃った店だから、月一くらいは利用してる」

天堂さんは小さく頷き、ドリンクメニューを広げてくれた。

「なに飲む？　ドリンクも料理も味は保証できるよ」

「えっと……じゃあ、モクテルを」

「飲まないのか？」

「はい。天堂さんは車ですすし、飲まれませんよね？　私は普段からそんなに飲むわけではないですし、ノンアルコールドリンクもおいしそうなので」

ピーチとストロベリーのスムージーに決めると、彼が私の好みを尋ねた上で数種類のアラカルトを選び、すべて注文してくれた。

すぐに運ばれてきたドリンクで社交辞令的な乾杯をして、グラスに口をつける。

途端、会話らしい会話がなくなり、沈黙が下りた。

さきほどの謝罪とお礼は、車内で何度もした。

そのため、天堂さんに『そんなにお礼と謝罪ばかり言わなくていいから』と苦笑されてしまった。

つまり、この話題はもう使えない。

ただ、彼との接点なんてろくにない私には、会話の糸口が見つけられなかった。

程なくしてテーブルに並べられたアラカルトに手をつけ始めても、「おいしいです」と繰り返すことしかできない。

天堂さんは安心したように表情を和らげたものの、職場で見る姿と同様に口数が少ないタイプなのか、この先も会話が弾むことはなさそうだ。

仕事上、コミュニケーション能力はそこそこあると思っていたけれど……。普段は関わることのないコーパイを前にすると、そのスキルはちっとも活かせなかった。

「天堂さんって、このあたりにお住まいなんですか？」

よそよそしい空気を少しでも変えたかっただけ。

とはいえ、プライベートなことを訊いてしまうのはよくなかったかもしれない。

それに気づいたときには、天堂さんが一瞬静止したあとだった。

「あ、すみません……。別に詮索するつもりじゃ……」

「自宅はこの近くだ。最寄りは京急蒲田《かまた》駅。春川さんは？」

すんなり答えてくれたことにも、まさかのささやかな共通点にも驚いてしまう。

同時になんだか嬉しくなって、小さな笑みが零れた。

「私、最寄りは糀谷駅です。お隣の駅だったんですね」

「そうだな。まあ、大田区に住んでる航空業界の関係者はわりと多いけど」

確かに、羽田空港で働く人たちは、大田区在住の人が多い。

華も愛子ちゃんも大田区に住んでいて、実は私たち三人の家は自転車や徒歩で行き来できない距離じゃないのだ。

「やっぱり通勤のためですよね」

「ああ。電車がなくても車で十五分程度だし、電車なら十分だろ。通勤にはできるだけ時間をかけたくないし、これほどの好条件はなかなかない」

「わかります。あと、大田区って糀谷あたりだと物価も家賃も比較的リーズナブルで、意外と住みやすいですし」

共感し合える会話のおかげか、静寂が溶けていく。

「家も駅から二分のところを選んだけど、おかげでそれなりに快適だよ」

ただ、天堂さんの家は〝リーズナブルな家賃〟ということはなさそうだ。

もっとも、パイロットならそれも納得できる。

彼が意外と気さくに話してくれたおかげで、自然と会話が弾んでいく。

数分前までの雰囲気が嘘のように、和やかな空気に包まれた。

「天堂さんは、やっぱり飛行機が好きだからパイロットになったんですか？」

「まあ、そうだな。父が飛行機が好きで、子どもの頃によく羽田に連れていってもらったんだ。別にそれだけが理由じゃないが、根底はそこだと思う」

「わ、私もです……！」

大きな共通点に胸の奥から喜びが突き上げ、つい体を乗り出すようにしてしまう。

「私も父の影響で羽田に連れていってもらうことが多くて、そこから飛行機や空港が好きになったんです。父は兄と弟にパイロットを目指してほしかったみたいなんですけど、ふたりよりも私の方が虜になっちゃって……」

浮遊した心が平静をなくし、夢中になって言葉を紡ぐ。

「兄と弟が空港に行かなくなっても、私だけは父と通い詰めてたんです」

天堂さんも父親の影響があったということが、自分で思っているよりもずっと嬉しかったのかもしれない。

「それでグランドスタッフに？　でも、そういう場合だと、だいたいはＣＡを目指しそうなものだけど」

ジンジャーエールのグラスを片手に、彼が小首を傾げる。

「もちろん、ＣＡの仕事も魅力的だと思います。飛行機で世界中を飛び回れるのは羨ましいですし、憧れもあります。でも私、子どもの頃にグランドスタッフさんに優しくしてもらえたのが嬉しくて、『自分もこういう風になりたい』って思って……」

父と羽田空港に行くたび、グランドスタッフたちを目にしていた。

濃紺の制服を纏う彼女たちが生き生きと働く様は、綺麗な女性たちがより輝いて見え、いつしか憧れの眼差しを向けるようになった。

ときには笑顔で声をかけてくれたり、父とはぐれたときには優しく励ましてくれたり。テキパキと仕事をこなす姿もかっこよくて、いつしか憧れは目標に変わった。

CAよりもグランドスタッフの方が接する機会が多かったため、身近に感じたのもあったに違いない。

「だから、グランドスタッフを目指したんです」

そういう話をした上で言い切ると、天堂さんが瞳をわずかにたわませた。

柔和な微笑みを向けられて、反射的に息を呑んでしまう。

同時に鼓動が跳ねたことに気づき、続けようとしていた言葉がどこかに消えた。

なぜだかわからないけれど、彼から目が離せない。

こんな風に優しく笑う人だなんて知らなかったせいか、騒がしくなった拍動がなかなか落ち着かなかった。

「えっと……でも、その……飛行機も好きで……」

動揺しているのか、口調がしどろもどろになってしまう。

「飛行機のどんなところが好き？」

ところが、天堂さんはさして気にする様子もなく、笑みを深めた。

「あっ……そう、ですね……。えぇっと……かっこいいところっていうか、好きなところはいっぱいあるんですけど……」

反して、私の口は思うように動いてくれない。

まるで言葉を覚えたての子どものような拙さで、説明することしかできなかった。

「変かもしれないんですけど……飛行機が空に吸い込まれていくように見える瞬間が、なによりも一番好きなんです」

天堂さんが目を小さく見開く。

やっぱりおかしな表現だったのだと恥ずかしくなり、自然と俯きかけたとき。

「わかるよ。俺も、外から見る飛行機なら、空に吸い込まれていくように見える瞬間が一番好きなんだ」

彼は喜悦を交じらせた瞳で頷き、リラックスしたように頬杖をついた。

「え……？」

「他には？　空港で好きな場所とかある？」

「展望デッキです。私、昔から展望デッキで飛行機を見るのが好きで……」

「俺も。もしかして、休憩中とかに行くこともある？」

「あります！　天堂さんもですか？」

「ああ。普段は第三ターミナルの展望デッキに行くことが多いかな。でも、今まで展望デッキで会ったことはないよな？」

「私がよく行くのは、第二ターミナルの展望デッキなんです。そこで飛行機の写真を撮ってSNSに上げるのが趣味で、今日もさっき撮ってきたばかりで……」

すると、天堂さんが写真に興味を示してくれ、私は何千枚にも上る写真の中で特にお気に入りのものを披露した。

彼は感心した様子で、「よく撮れてる」と褒めてくれた。

嬉しくなってさらに数枚見せると、「これは角度がいい」とか「こっちは航空機の表情が見えるみたいだ」などと口にし、まじまじと見入っていた。

パイロットとこんな風に話せる機会があるなんて思ってもみなかった。

だからこそ、楽しくて嬉しくて、もっと色々と話したくなってしまう。

『飛行機のどんなところが好きですか？』

『コックピットからはどんな風に景色が見えるんですか？』

『上空では星は瞬かないって本当ですか？』

胸の中には訊きたいことが溢れ、今にも口から零れ出してしまいそう。

けれど、なんとか息を吐き、心を落ち着かせる。

興奮を押し込められないまま、これ以上はやめておこうと自分に言い聞かせる。

それなのに、天堂さんは私が撮った写真を何枚も見てくれた。

お店に着いたのが遅かったにもかかわらず、結局は彼と二時間近くも話し込んでしまっていた。

しかも、天堂さんはいつの間にか会計を済ませてくれていたみたい。

慌てて財布を出すと、彼がふっと口元を緩めた。

「そんなつもりはないよ」

「え？　ですが、これはお礼のつもりで……」

「食事って言ったのはただの思いつきだし、いい写真を見せてもらったから充分だ」

優しい言い分に、どう対応すればいいのかわからない。

「なにより、自分が誘った女性に出させるつもりはない」

一方、天堂さんは慣れた様子で微笑むと、「送っていくよ」と助手席のドアを開けてくれた。

「い、いえ……さすがにそこまでしていただくわけには……」

「あんなところを見たばかりで、このまま置いて帰れるわけがないだろ」

ここでも、私は簡単に負けてしまう。

言われるがまま、再びシルバーカラーの流線的なデザインの車に乗せてもらい、左側に座った彼に「ありがとうございます」と頭を下げる。

「家の前でもいいし、家を教えることに抵抗があるならどこか安全そうな場所で降ろすから、ナビだけ頼む」

「はい」

天堂さんとは、今夜たまたまなりゆきで食事を共にしただけ。

明日からはまた、みんなが憧れているコーパイとただのグランドスタッフに戻るとわかっている。

胸が疼くような寂しさを感じているのは、楽しかった時間が終わってしまうから。

せめて、一秒でも長く今が続いてほしい。

なんて考えてしまった自分自身に気づいたとき、自嘲交じりの微笑が漏れた。

三、地上と空の距離

中番の今日は、久しぶりに華と愛子ちゃんと三人で同じシフトだった。

先に更衣室にいた愛子ちゃんは、今日もクリクリの瞳で真剣に鏡を見つめ、念入りに身だしなみを整えている。

華は、ショートカットの髪にオイルを塗り、前髪を綺麗にセットしていた。

ふたりの隣で、私も身支度に勤しむ。

ＪＷＡのグランドスタッフの制服は、白いシャツに濃紺のジャケットとタイトスカート。それと、スカーフが基本だ。

ジャケットの胸元にはＪＷＡのシンボルマークであるネモフィラが金糸で施され、スカーフは周囲が濃紺色、白い生地の部分にはネモフィラが描かれたデザインになっている。

スカーフの巻き方は決まっていて、皺を作らないのは当然のこと。

ＣＡとグランドスタッフには、特に身だしなみについて厳しいマニュアルがある。

髪は肩につく長さ以上なら必ずきちんと纏めなくてはいけないし、髪色も明るすぎるものは許されない。

胸のあたりまで伸ばしている髪をナチュラルブラウンに染めている私を含め、スタッフのほとんどは黒髪かダーク系のブラウンだ。

ネイルは肌色に近いベージュ系のみ。少しでも濃いものがダメなのはもちろん、なにも塗っていない場合は磨いて艶を出す。

腕時計も華美なものは好まれず、アナログ盤を使うことが推奨されている。

アクセサリー類は、きちんと固定できる小さなピアス程度ならつけられる。それ以外のものは、結婚指輪を除いて着用は認められていない。

とにもかくにも、細かい規定がたくさんある。

唯一、髪を纏めるためのバレッタやシュシュは自由ではあるものの、それでも地味なものを使用するのが決まりだ。

きっと、高校生の校則の方が自由度が高いだろう。

けれど、これがルールなのだから仕方がない。

そう考えるスタッフは多いようで、みんな身だしなみはきちんとしている。

その反動か、私服ではファッションセンスがいい人が多く、華と愛子ちゃんもコーディネートや着回しが上手い。

ふたりと買い物に行くと、的確なアドバイスをもらえるため、就職するまでは無難な服ばかり着ていた私もファッションを楽しむようになった。

（そういえば、天堂さんは私服も素敵だったな）

ふと脳裏に過ったのは、あの夜のこと。

天堂さんの私服は、シャツにジャケットとチノパンという至ってシンプルな格好ながらも、上品な爽やかさがあった。

（……あれって、もう一週間前のことなんだ）

私に助け船を出してくれた彼と食事をしてから、今日でちょうど一週間。

あれ以来、天堂さんとは顔を合わせていない。

というのも、彼はあの翌々日からホノルルに発ち、明日帰国するらしいのだ。

別れ際に本人から聞いて知ったことだけれど、日本とホノルルという遠く離れた場所にいる今、あの日のことがますます夢のように思える。

（でも、本当にすごく楽しかったな。あんなにたくさん話す人だなんて思ってなかったけど、天堂さんのことを色々と知れて嬉しかったし）

天堂さんとの会話は、まだほとんどの内容を鮮明に覚えている。

彼にとっては気まぐれだったのだろうけれど、私にとっては違う。

尊敬している人との時間であり、刺激的で濃密なものだった。

助けてもらえたことも、何度も笑顔を見せてくれたことも、写真を褒めてもらえたことも、本当に嬉しかった。

それは、時間が経てば経つほど特別感が増していったのだ。

(ただ……これって〝推し〟に対する感覚に近い気がする)

特段、好きな俳優やアイドルはいないし、漫画だって人並み程度に読むくらい。

世間でいう〝推し活〟なんてしたことがない。

ただ、なんとなくそういう感覚に似ているんだろうな……と思っていた。

「あ、美羽がなんか笑ってる。思い出し笑いなんて、やらしー」

「え？　美羽さんって、むっつりタイプだったんですか？」

不意にからかってきた華と、それに便乗した愛子ちゃんがニヤニヤと笑っていて、少しだけ慌ててしまう。

「そ、そういうのじゃないからね！　ちょっと考え事してただけだから……！」

「慌てるところがますます怪しいんだけど」

「私もそう思いまーす！」

「もう、華ってば！　愛子ちゃんも悪ノリしないで。ほら、そろそろ行こうよ」

からかってくるふたりに、平静を装いつつロッカーを閉めた。

「愛子、どう思う？」

「限りなく黒に近いグレーですね」

ネタを引っ張る華と、ノリノリの愛子ちゃんの声は、聞こえていないふりをする。

背後のふたりの視線を背中に感じながら、更衣室を後にした。

天堂さんと過ごした時間を思い出すたびにわずかに寂しさを感じるのは、きっとあの夜が楽しすぎたせいに違いない……なんて考えながら。


翌日は早番で、昨日の疲労を少し引きずりながら出勤した。

今日は、華とも愛子ちゃんとも担当が違う。

私の担当は国内線のチェックインカウンターで、同僚と交代した。

近年、空港内ではセルフサービス化が進んでいる。

各種手続きや手荷物を預けるなどの際にはお客様自身にしてもらい、スタッフはあくまで補助をする——という形だ。

もちろん、そういったことが苦手な方のために従来通りの対応も行うけれど、以前に比べれば少しずつ自動化に移行しつつある。

そういう意味では業務の内容も変わり始め、最近では無人対応で様々な手続きを済ませてしまうお客様が増えた。

その方が時間もかからないというのも大きいだろう。

カウンターに来るお客様の多くは、飛行機に乗り慣れていなかったり、機械での手続きが苦手だったり、なにか困ったことがあったり……という人ばかり。

それ以外なら、だいたいはクレームがあるときだ。

「おい！　チケット、数日前にネットで予約したのに発券できないぞ！　あの機械、おかしいんじゃないのか⁉」

「大変失礼いたしました。お調べいたしますので、予約画面をご提示いただけますでしょうか？」

「はぁっ？　俺が操作を間違ってるっていうのか？」

「いいえ、決してそのようなことは……。ですが、予約画面を拝見させていただかないことにはこちらで確認いたしかねますので、大変お手数ではございますがご提示いただけませんでしょうか」

チッと舌打ちした男性は、五十代中盤というところだろう。

スマホを操作しながら、「クソッ」とか「どれだよ！」とぼやいている。苛立った様子に気づいたようで、すぐ隣にいる同僚が緊迫した表情でこちらを一瞥した。

私は視線で『大丈夫』と伝え、男性の様子を見守る。

程なくして、ようやく男性が「ああ、これだ！」と声を上げた。

「拝見させていただきます」

「おい、早くしろよ！　こっちは色々忙しいんだからな！」

「承知いたしました。少々お待ちくださいませ」

男性のチケットがきちんと予約されていることは確認できたため、恐らく機械の操作を間違ったのだろう。

けれど、決してそれを顔には出さず、笑顔で対応した。

「お客様、ご予約が確認できましたので、こちらでお手続きをさせていただいてもよろしいでしょうか？　すぐにご対応させていただきます」

「早くしろっ！」

怒鳴った男性に「承知いたしました」と頷き、早急に搭乗券を手配する。

すぐに手続きは終わり、男性は私の手からチケットを奪うようにして立ち去った。

「今の、絶対に向こうの非じゃない。怒鳴ったのだって、自分が機械に疎いのが恥ずかしかっただけでしょ」

同僚の独り言のような言葉に、「仕方ないよ」と苦笑を返す。

これくらいのことで済むのなら、可愛いもの。

新人の頃には涙を流すこともあったけれど、それなりに場数を踏んだ今は冷静に対応できるようになったつもり。

この程度なら特に気に病むこともない。

「気にせずに仕事しよ」

笑顔を向けると同僚も頷き、粛々と業務を続けた。


「あ、美羽！」

昼休憩を迎えて社員食堂でランチを摂っていると、トレイを持った華に声をかけられた。隣には愛子ちゃんもいる。

「愛子ちゃんも一緒だったんだ」

「そうなんです。休憩のタイミングが一緒になって、そこで会ったんです」

華の担当は国内線の搭乗案内、愛子ちゃんは国際線のチェックインカウンターだけれど、食堂の前で鉢合わせたらしい。

「美羽はもう食べ終わったんだ」

「うん。でも、まだ時間はあるよ」

「じゃあ、それまで話そうよ」

華の誘いに頷くと、愛子ちゃんが「やっぱりカツ丼にすればよかった」と呟いた。

「美羽さん、今日はなに食べました？」

「私は親子丼とサラダにしたよ。あと、プリンも」

「いいなぁ。朝からカレーの気分だったけど、やっぱり丼物の方がおいしそうに見えてきました。華さんも天丼だし」

「カレーもおいしいからいいじゃない」

「そうなんですけど、急にカツ丼が食べたくなったんです。朝の気分を信じるんじゃなかった……」

華のフォローに、愛子ちゃんがため息をつく。華とふたりで苦笑しつつ、「明日はカツ丼にすればいいんじゃない？」とアドバイスしておいた。

食べ始めたふたりと他愛のない話をしていると、不意に食堂内がざわつき始めた。

心なしか周囲の女性たちがソワソワしていて、私の前に座っている華と愛子ちゃんの視線を追うように振り返る。

(天堂さんだ……！)

「あ、天堂さんか」

「相変わらず目立ちますねー」

私が心の中で声を上げたのとほぼ同時に、ふたりも天堂さんに気づいた。

「そりゃあ、同年代で機長に一番近いコーパイだしね。パイロット狙いの女はもちろん、そうじゃなくても目を引く人だし」

「でも、あそこまで目立つと狙いづらいんですよね」

「愛子、天堂さんはタイプじゃないんでしょ？」

「そうですね。私は、私を思い切り甘やかしてくれる人がいいので。天堂さんってストイックなイメージだし、仕事以外でも厳しそうっていうか……一緒にいると、家でもリラックスできなさそうですもん。陰では、鉄壁鉄仮面なんて呼ばれてますし」

ふたりの会話を聞きながらも、彼を目で追いそうになる。

「美羽さんもそう思いません？」

だから、唐突に話を振られたときは、肩が小さく跳ね上がった。

「え、なに？」

「だから、天堂さんですよ！　家でもリラックスしたりしなさそうですよね？」

一瞬考えて、その意見には共感できなかった。

少なくとも、一緒に食事をしたときの天堂さんは途中からずっと笑顔だったし、リラックスしていたように見えたから。

「そんなことはないと思うけど……」

「えーっ、でも……」

抗議しようとしたらしい愛子ちゃんの唇が、急に止まる。

彼女は慌てて口を噤むようにし、どこか気まずそうにカレーを口に運んだ。

愛子ちゃんの反応の意味に気づいたのは、その直後のこと。

「お疲れ様」

足音が聞こえたと思ったら私の傍で止まり、テーブルを軽くコンと叩かれた。

反射的に顔を上げると、天堂さんが微笑んでいた。

「……っ、お疲れ様です」

一気に動揺した私に次いで、華と愛子ちゃんがわずかな驚きを浮かべながらも「お疲れ様です」と声を揃える。

彼も同じ言葉を返していた。

助けてもらったこと、ご馳走してもらったこと、送ってもらったこと。

なにからお礼を言えばいいのか、それともなにも口にすべきではないのか、すぐに判断できない。

加えて、周囲の視線が刺さっている気がして、私は逃げるように立ち上がった。

「失礼します……！」

トレイを手に返却口に向かい、周りには目もくれずに片付けて食堂を後にする。

（な、なんで……？）

天堂さんはきっと、一時間ほど前の便でホノルルから帰国したのだろう。

それは知っているけれど、どうして声をかけられたのかがちっともわからない。

動揺のせいか鼓動は早鐘を打ち、足早に歩いたせいで息が軽く上がっている。

駆け込んだばかりの化粧室で、どうにか落ち着こうと深呼吸をした。

「あ、美羽さん発見！」

「ッ……！」

「みーう！」

化粧室に入ってきた愛子ちゃんの後ろには、含み笑いをした華が立っていた。

「今のなに？　天堂さん、明らかに美羽に声かけてたよね？　美羽、天堂さんと接点なんてなかったでしょ？」

「美羽さん、さっさと白状してください！　休憩時間が終わっちゃいますから！」

勢いのあるふたりに負けるのは、あっという間だった。

メイク直しの傍ら、戸惑いを隠せないまま事の顛末を話すはめになってしまう。

ひとつ話せば質問が返され、また答えれば次の疑問が投げかけられる。

すべてに答える時間はなかったけれど、それでも休憩時間が終わるギリギリまで解放してもらえなかった。

「天堂さんってクールだし、あんまり誰とも親しくしないイメージだったから意外すぎるんだけど」

「実は美羽さんに気があったりするんじゃないですか」

「そんなわけないよ。たまたまグランドスタッフが困ってそうだったから助け船を出したらなりゆきで食事することになった……くらいの感覚だよ」

驚く華の隣で、私を見つめる愛子ちゃんにギョッとする。

慌てて否定したものの、愛子ちゃんは腑に落ちていないようだった。

「でも、愛子の言う通りかもよ？　助け船と食事がたまたまだとしても、さっき声をかけたのはたまたまじゃないだろうし」

「この間のこともあるし、私を偶然見かけたから声をかけてくれただけだよ。ほら、そろそろ戻らないと。ふたりもあんまり時間ないでしょ？」

お気に入りのコスメブランド『LILA《リラ》』のフェイスパウダーと口紅をメイクポーチに片付け、まだ話し足りなさそうなふたりを急かす。

本当に時間がなかった私は、一足先に化粧室を出たけれど。

『実は美羽さんに気があったりするんじゃないですか』

愛子ちゃんと、彼女に共感していた華の言葉が頭から離れない。

業務に戻ってもなんだか身の置き場がないような感覚に包まれて、私の意思に反して天堂さんを意識していることに気づいてしまった。

＊　＊　＊

一晩眠れば心は落ち着くだろうと考えていたのに、何日経ってもそれは変わらないどころか、悪化していった。

その理由は、悩みの種である天堂さんの態度にある。

「ああ、春川さん。お疲れ様」

この数日、彼と鉢合わせることが重なっているからだ。

今までは天堂さんを見かけることがあっても、それは一方的なものであり、あくまで〝それだけのこと〟だった。

ところが、食堂で会った日からずっと、彼はなぜか少し離れた場所にいてもわざわざ私の傍まで来て、必ずこんな風に話しかけてくる。

「……お疲れ様です」

たとえば、仕事上の会話として交わすものならば、なんの疑問も持たなかった。

けれど、天堂さんの態度はそうではなく、〝わざわざ話しかけてくれている〟のが明らかなのだ。

今日は、国内線の搭乗案内をしていた私が持ち場を少し離れた今のタイミングで、傍を通りかかった彼に呼び止められた。

たった数回のことではあるものの、私の悩みの種になるには充分な理由があった。

「今日は逃げないんだね」

「ですから、先日も別に逃げたわけでは……」

「そうだね。急いでたんだっけ？」

こんな会話も、もう三度目になる。

私に眇めた目を向ける天堂さんにからかわれていることを理解しつつも、毎回似たようなセリフしか返せない。

彼がこういう意地悪じみたことをする人だとは思いもしなかった。

ただ、不思議と嫌な気持ちにはならず、困惑はしても嫌悪感みたいなものは芽生えてこなかった。

「俺は夜の便でロンドンなんだ」

「そうですか。お気をつけて」

ロンドンということは、行き先はヒースロー空港だ。

名前しか知らない土地がどんなところなんだろう……と考えたとき、天堂さんがふわりと微笑んだ。

「ありがとう。帰国は週明けになるんだけど、なにか欲しいものはある？」

一瞬静止したあとで、慌てて首を横に振る。

（……いったいなんなんだろう）

疑問ばかりが大きくなり、日に日にためらいが強くなる。

彼がなぜ私に話しかけてくれるのかわからず、どう対応するのが正解なのかも答えが出ない。

ひとつ言えるのは、天堂さんから話しかけられるたびに女性スタッフたちの視線を感じている——ということ。

もちろん、よくない雰囲気がこもったものだ。

それに気づいているからこそ、私はずっと逃げ腰な態度しか取れない。

彼に対しては少しだけ申し訳なく思う反面、周囲に変な誤解を生んでいないことを祈りながら口を開く。

「なにも……。というよりも、買い物をお願いしたりお土産をいただいたりするような関係じゃありませんから……。あの、私はこれで失礼いたします」

ためらいを隠さずにこの場を離れようとする私に、彼が苦笑を零す。

「相変わらずつれないね。でもまあ、出発前に話せてよかった」

天堂さんは、周囲を気にしている私の様子を察したのか、「じゃあ、また」と言って立ち去ってしまった。

四、強引なコーパイ

ゴールデンウィークの折り返しである、五月初旬。

早番の仕事を終えた私は、着替えとメイク直しを済ませて更衣室を出た。

羽田空港内はスーツケースを持った人たちで溢れている。

恋人や夫婦、家族連れで行動している人々もいれば、友人と談笑したりひとりで行動している人も目立つ。

そのほとんどが、帰省目的や旅行者だろう。

就職して以来、この時期に実家に帰ったことはない。

ゴールデンウィークなどの連休を始め、年末年始やお盆は、言うまでもなく航空業界は繁忙期だからである。

もっとも、生まれも育ちも東京都《とうきょうと》のため、実家はそう遠くないのだけれど。

「春川さん」

そんなことを考えながら歩いていると、不意に穏やかな声に呼び止められた。

反射的に肩が小さく跳ねたのは、振り返る前に声の主に思い当たったから。

無視もできずに背後を見ると、天堂さんが立っていた。

「あ、よかった。人違いだったらどうしようかと思った」

ホッとしたように微笑まれて、うっかり見入ってしまう。

「今から帰るの？」

私の格好を見た彼は、仕事上がりであると判断したようだった。

「はい。お疲れ様です」

頭を下げながらも、近くを歩いていた数名のＣＡの視線に気づき、身の置き場がなくなる。

気まずさから一歩下がると、天堂さんが周囲を一瞥した。

「俺もう少しで上がれそうなんだ。もしこのあとに予定がないなら、少し待っててくれないかな？」

「え？」

声を潜めてくれたのは天堂さんの気遣いだと察した。

同時に、予想外の言葉に目を見開く。

断ろうと考えなかったわけじゃない。

けれど、彼がこんな風に私を誘ったということは、なにか用事があるはず。

そう思い、脳裏に過った返答を呑み込んだ。

とはいえ、パイロット制服はよく目立つ。

お客様はもちろん、相手が天堂さんだからか、数人のスタッフにも見られているのは明白だった。

彼が私を誘った理由を訊きたいけれど、ここでゆっくり考える猶予なんてない。

「わかりました」

仕方なく頷くと、天堂さんは小さな笑みを浮かべて「空港内にあるカフェで待っててほしい」と告げた。

私はもう一度首を縦に振る。

それから、よそよそしく頭を下げ、彼の傍を離れた。

空港内の一角にあるカフェは、パン屋も併設している。

昼食は済ませたけれど、焼きたてのパンの匂いに食欲をそそられた。

誘惑に負けないようにパンコーナーにはできるだけ目を向けず、少し悩んだ末にふたり用のテーブルに着き、コーヒーを注文する。

無意識にため息が漏れ、そこでようやく緊張していたことに気づいた。

(天堂さん、どういうつもりなんだろう)

私がここでいくら考えてみても、天堂さんの意図がわかるはずがない。

想像できる範囲でなら、先日の件でなにか言いたいのか……ということくらい。

助け船を出してもらい、食事をご馳走になって、家のすぐ傍まで送ってもらった日を思い返せば、私は迷惑をかけただけだった。

ただ、彼の言動からは、あの夜のことに対して迷惑そうな素振りや怒っている雰囲気は感じない。

むしろ、よく声をかけられるようになったため、苦言を呈される……というのは考えにくかった。

他に思い当たることはなく、やっぱり答えは見つからなかった。

コーヒーを飲み終えたとき、カフェの前でこちらを見ている天堂さんに気づいた。

視線がぶつかった彼は、表情でなにかを伝えようとしているみたい。

じっと見ていると、目配せでカフェを出るように促されているのだと察した。

急いで会計を済ませ、カフェの少し先まで歩いていた天堂さんを追う。

ところが、彼は私を気にするようにときどき振り返りながらも足早に歩いていて、追いつくことができない。

グランドスタッフという職業柄、体力や歩調の速さには自信がある。

それなのに、彼との距離は一定を保ったまま縮めることができなかった。

というよりも、縮めさせてもらえない……と表現する方が正しい気がする。

（もしかして……）

その答えがわかったのは、空港を出て駐車場に入ったときのこと。

人の気配が一気に減ったところで足を止めた天堂さんが、おもむろに振り返った。

彼のもとに駆け寄った私に、申し訳なさそうな微笑が向けられる。

「こんなやり方ですまない。君が周囲の目を気にしてるようだったから」

（やっぱり……）

人目があるところで離れて歩いたのは、私を気遣ってくれていたのだ。

「いえ……ありがとうございます」

お礼を言うのが正しいのかはわからないまま、ひとまず頭を下げる。

「それで……えっと、どういったご用件でしょうか？」

「ここだとスタッフが来ないとも限らないし、ひとまず乗ってくれる？」

シルバーカラーの車体を指差した天堂さんは、ドアを開けてくれた。

一瞬だけ戸惑ったものの、言われた通りに助手席にお邪魔する。

「ランチはもう摂った？」

「俺はまだだから付き合ってもらえないか？　カフェならスイーツもあるし。春川さん、甘い物は好き？　さっきはコーヒーだけだったみたいだけど」

「あ、はい」

優しい眼差しに見つめられて、鼓動が跳ねる。

小さく頷くことしかできない私を乗せた車が、程なくして走り出した。


大田区内の大通りを抜けた先にあるカフェは、隠れ家のようなお店だった。

そう広くはない店内にはグリーンが並び、ウッド調の家具で統一されている。

ナチュラルブラウンに囲まれた空間は、窓から射し込む陽光もあいまってとても居心地が好い。

もっとも、目の前にいるのは天堂さんだから、リラックスできるわけじゃない。

反して、彼は特に変わった様子もなく、パスタを食べている。

車内では他愛のない話をしただけだった。

内容は、主に今日の業務についてのことばかり。

天堂さんからの質問に答える形で会話が進み、彼は二時間ほど前に到着した飛行機内で急病人が出たことを話していたくらい。

拍子抜けしそうになりつつも、このままでは埒が明かない気がして、カモミールティーのカップに口をつけてから切り出した。

「あの……なにかお話があるんですよね？」

「いや？　そんなものはないよ」

「え？　じゃあ、どうして……」

「話があったわけじゃないけど、君と話したかった。こう言えば伝わる？」

その言葉の意味はわかる。

ただ、そこに込められた意図がわからない。

ためらいを隠せずにいると、天堂さんが苦笑を漏らした。

「そんなに困った顔をしないでくれ。俺がいじめてるみたいだろ」

「そういうつもりじゃ……！　ただ、私と話したいって……」

「別に他意はない。本当にそのままの意味だよ」

穏やかな声音と視線に、なんだか調子が狂ってしまう。

彼のことはほとんど知らないとはいえ、プライベートでは同僚と関わらないという噂だし、そもそもお客様以外に柔和な態度を見せる人じゃない。

天堂さんは、もともとクールな雰囲気だけれど、恐らくとてもストイックな上にあまり無駄話を好まないのだろう。

そういう人だと認識していたからこそ、余計に戸惑いが大きくなってしまう。

「この間、春川さんと話せたことが予想外に楽しかった。だから、もっと話したいと思った。至ってシンプルな理由だろ？」

含みがあるような、そんなものはないような。

どちらとも取れそうな双眸に見据えられて、どう対応すればいいのかわからない。

「あと、君が撮った写真をもっと見せてほしい。どれもすごくよかったから」

瞳をたわませる彼からは、本当に他意はないという気もする。

だからといって、納得できるわけじゃないけれど……。それでも、天堂さんがそんな風に思ってくれたことは嬉しい。

華や愛子ちゃんですら少し呆れている私の趣味を理解してくれた。

しかも、その相手は仕事ができるパイロット。

銀翼の操縦桿を握れる、特別な男性。

そんな人から共感と褒め言葉をもらえて、喜びが込み上げてこないわけがない。

SNSの投稿に〝いいね〟が三千件以上ついたときよりも、遥かに心が躍った。

「飛行機を撮るようになったのはいつから？」

「最初は小学生のときです。その当時は父にデジカメを借りて、高校生のときにはスマホでも撮ってたんですけど、だんだん物足りなくなってバイト代でデジカメを買いました。今のカメラは二台目なんです」

「それはなかなか年季が入ってるな。それに、飽きないのがすごい」

「友人にもよく言われますが、飽きるって考えられないです。だって、天候とか撮影の角度がほんの少し違うだけで、全然違う写真が撮れるんですよ」

「君は生粋の飛行機好きだな」

楽しげに笑う彼が、柔らかな表情を向けてくる。

あまりに優しい眼差しにドキリとして、動揺を隠すように慌てて口を開いた。

「天堂さんこそ、飛行機がお好きだからパイロットになられたって……」

「まあ、そうだな」

「そういえば、お名前も飛行機を意識してそうですよね」

天堂さんの名前は『晴翔』。それを思い出せば、彼が苦笑した。

「ああ。父いわく、息子をパイロットにしたくて名付けたんだとか。兄がひとりいるんだが、名前が蒼いと書いて蒼《そう》なんだ。俺は『晴れ渡る空を翔ける』で、どちらも青空をイメージしてるらしい」

「蒼い空と、晴れ渡る空を翔ける？　すごく素敵ですね！」

私の言葉に、天堂さんが少しだけ面映ゆそうにした。

そのあとで、『蒼い』は『空や海、木の葉などの深い青色』を指すのだ……と教えてくれた。

『蒼天』や『蒼空』という意味が込められているのだとか。

「お父様の夢がたくさん詰まってるんですね。もしかして、お兄様も航空業界にいらっしゃるんですか？」

「いや、兄は建築士なんだ。俺ほど飛行機に興味は持たなかったらしくて、子どもの頃も空港は何度か行ったら飽きたみたいだよ」

名前のことを考えると、兄弟でパイロットだったらもっと素敵だったのに……なんて思ってしまう。

もっとも、建築士とパイロットの兄弟でも充分すぎるくらいすごいけれど。

「ご兄弟ですごいんですね。建築士もパイロットも、並大抵のことではなれない職業ですし」

「努力次第だよ。なりたいなら、死に物狂いで努力すればいい」

驕ることなく言い切った彼は、陰で努力するタイプなんだろう。

こういうところもモテる理由だと思う。

「でも、パイロットになるための試験って難しいんですよね？」

副操縦士になるためには、事業用操縦士のライセンスが必要になる。

それを取得するには、膨大な実技をこなし、筆記と実地試験に合格しなければならない。

さらに、コーパイから機長になるには、定期運用操縦士のライセンスが必要だ。

この間、最低でも十年ほどかかると言われていて、中でもＪＷＡの規定は航空業界で一番厳しいというのは有名な話だ。

「そりゃあ、たくさんの人の命を乗せて飛ぶんだから、簡単にはいかないよ」

確かに、その通りだ。

ジャンボジェット機に乗っているのは、乗員乗客を合わせて何百人にもなる。

たとえ小さな飛行機だったとしても、人の命を預かっていることに変わりはない。

「空にいる間の航空機は、どんな機体であっても閉鎖された空間で、万が一トラブルが起きたら地上のように解決できるとは限らない。だからこそ、簡単にライセンスが取れなくて当たり前だ」

真っ直ぐな瞳で話す天堂さんに、大きく頷く。

「ただ、俺は私大の航空科出身だから、同期よりは大学でしっかり学べたし、そういう意味では有利な面もあるかもしれない」

聞けば、彼は自社養成や航空大学ではなく、私立大学の航空科出身なのだとか。

ＪＷＡの大半のパイロットは自社養成で、それ以外の人だと航空大学出身の人が多いと聞いたことがある。

その中で言えば、天堂さんの学歴は少しばかり変わっているのかもしれない。

「私大ご出身なんですか？　でも、パイロットの方って、自社養成か航空大を出られた方がほとんどですよね？」

「そうだな。うちのパイロットもそうだが、基本的には自社養成が多いし、そうじゃない場合は航空大に行く人ばかりだ」

「はい、私もそう思ってました。私大の航空科だとなにが違うんですか？」

「どの道を選んでも、試験にさえ受かればライセンスは習得できる。ただ、私大の航空科だと在学中に訓練を受けられて、早ければ在学中に事業用操縦士のライセンスが取れるんだ」

そう前置きした彼が、自身の母校のカリキュラムを簡単に説明してくれた。

一年生のときには、主に事業用操縦士と計器飛行証明の学科試験のための科目を中心に履修。

進級後にはアメリカの大学に留学し、本格的な飛行訓練を行う。

そして、帰国後に主専攻科目を学び、卒業研究へ。

「それ以外にも、普通の講義も受けられるんですよね？」

「ああ、もちろん」

頷いた天堂さんが、コーヒーを一口飲んでから続けた。

「二年で留学するために一年では英語が必須科目だし、とにかく語学系の講義を優先して取る必要があるんだ」

「なんだか大変そう……」

「まあ、お世辞にもラクな道とは言えないかもしれないな」

「天堂さんは、どうして私大の航空科を選ばれたんですか？」

素朴な疑問を声にすると、彼が頬杖をついた。

「最短でパイロットになりたかったから」

天堂さんは「単純だろ？」と笑った。

「子どもの頃から飛行機が好きで、ずっと操縦桿を握ることに憧れ続けて、とにかく早く飛行機を操縦したくてたまらなかったんだ」

少しだけ照れくさそうに目を細める彼の笑顔が眩しい。

「それこそ、一秒だって早くパイロットとしてコックピットに乗りたかった」

クールで口数が少ない普段の天堂さんからは考えられないほど、少年のような無邪気さを纏っている。

そんな彼の表情に、胸がきゅうぅっ……と締めつけられる。

勝手に高鳴る鼓動がうるさくて、胸の奥からなにかが突き上げてくるようだった。

「子どもの頃から憧れ続けたパイロットになれるって……きっと、パイロットになりたい子どもにとってはヒーローみたいでしょうね」

天堂さんは「どうかな」なんて笑ったけれど、その面持ちは喜びを孕んでいるように見えた。

「春川さんこそ、飛行機が似合う名前だよね」

「え？」

「美しく羽ばたくで美羽、だろ？」

「ッ……」

低く穏やかな声音で紡がれた自分の名前。

彼に特別な意図があったわけじゃないことくらい、ちゃんとわかっている。

それでも、天堂さんの声で呼ばれたことにも、彼が私の名前まで知ってくれていたことにも、ドキドキさせられてしまう。

どうしたって平常心ではいられなかった。

あの夜よりもずっと楽しくて、けれどこの状況をどう捉えればいいのかまったくわからなくて。

私の心の中は、喜びと戸惑いに包まれていた。

＊　＊　＊

天堂さんとカフェで過ごしてから一週間が経った。

あの日以降、彼は国内線での仕事が続いていて、今は鹿児島《かごしま》にいるのだとか。

どうして私がそんなことを知っているのかというと、休憩のときに彼から届いていたメッセージを読んだから。

あの日、天堂さんから『連絡先を教えてほしい』と言われたときは驚いた。

確かに会話は弾んだとは思っていたけれど、まさか連絡先を訊かれるなんて考えもしていなかったから。

『教えてくれないと、君を空港内で探して所構わず話しかけないといけないだろ』

けれど、彼がそんな風に付け足したため、戸惑いながらも承諾するしかなかった。

なんて言うのはきっと言い訳で、天堂さんと連絡先を交換できたことも、彼が積極的にメッセージをくれることも、嬉しいのは自覚している。

天堂さんがフライト先の写真を送ってくれることもあり、私がお返しに飛行機の写真を送る……というやり取りも、この一週間で何度もあった。

友人ではないし、もちろん恋人でもない。

同僚以上だと言えるであろうこの関係性を、どう呼べばいいのかわからなかった。

それに、天堂さんとの距離が近づけば近づくほど、彼に惹かれてしまいそうで怖いとも感じている。

たまたまこうして話したり連絡を取ったりしているけれど、この関係が先に進むとは思っていない。

そんなおこがましいことは想像すらできない。

にもかかわらず、すでに心と頭がちぐはぐになり始めていることに気づいていた。

連絡先を交換したことによって、天堂さんは職場では軽く挨拶をする程度にとどめてくれるようになり、それも人気のないところでだけ。

おかげで、周囲の目に不安を持たずに済むようになった。

その反面、少しだけ寂しさを抱いている。

矛盾しているのはわかっているのに、今度は私が彼を探すようになったのだ。

こんなことを続けていれば、そのうち取り返しがつかないところまで心が動いてしまうんじゃないか……と不安になってくる。

「愛子、身支度終わるの早くない？」

ため息が漏れかけたとき、華が慌てた様子で帰り支度をしている愛子ちゃんに「用事でもあるの？」と尋ねた。

「今日、友人の結婚式なんです。午後からなので間に合うんですけど、ちょっと仮眠しないときついので」

夜勤明けの私たちは、さきほど仕事を終えてこれから帰宅するところだ。

「それはきついなー。式の途中で寝たらダメよ」

「怖いこと言わないでください。それでなくても、賛美歌って眠くなるのに」

ふたりの会話に笑いながらスマホを開くと、メッセージが届いていた。

天堂さんからだという通知を見て、つい急いで開いてしまう。

「えっ……！」

直後、驚きのあまり目を見開いた。

「なに？」

「どうかしたんですか？」

冗談めかした話を続けていたふたりが、同時に私を見る。

「え、えっと……別になにも……」

「いやいや、なにかあるんでしょ」

「なんだか怪しくないですか？　美羽さん、なにか隠してますね？」

華と愛子ちゃんに囲まれ、たじろいでしまう。

決して話したいわけじゃないけれど、ひとりで処理し切れない気もして……。

「あのね……天堂さんが【次のオフに一緒に出掛けよう】って……」

そのメッセージのあとには、【断られたら直接誘いに行くよ】と添えられている。

思考が整理できなくて、助けを求めるように彼女たちをそろりと見た。

「……えっ」

「は……？　美羽、いつの間に天堂さんと連絡取ってたの!?」

華も愛子ちゃんも、驚きと戸惑いを同居させた顔をしている。

「それは……色々あって……。それよりどうしよう……。どうやって断ればいい？」

「ちょっと、なんで断るのよ！」

「そうですよ！　絶対に行くべきです！」

「えっ……？」

「だって、デートの誘いでしょ？　あの天堂さんが美羽と連絡取ってるってことは、美羽のことが気に入ってるからに決まってるじゃない！」

「まさか、そんな……」

「いやいや、華さんの言う通りですよ！　スタッフには鉄壁鉄仮面な人がそんなこと言うなんて、美羽さんに気があるからに決まってるじゃないですか！」

興奮する彼女たちの声が大きくなっていってギョッとする。

「ちょっ……！　大きな声は出さないで……！」

更衣室にはまだスタッフが残っていて、気がつくと何事かと言わんばかりに私たちに視線が集まっていた。

ふたりは状況を察するように、私の腕を引っ張った。

「いい、美羽？　美羽は天堂さんのことが嫌いなの？」

更衣室の隅に連れていかれた私の前に、華と愛子ちゃんが仁王立ちした。

壁際に追いやられてふたりに囲まれたせいで、もちろん逃げ場なんてない。

「まさか……。尊敬してるし、嫌いだなんて……」

「というか、美羽さんも天堂さんのことが気になってますよね？」

「そ、それは……」

「そうやって言い淀むのが答えでしょ。気になってるよね？」

彼女たちの圧に負けそうになりつつ、否定も肯定もできない。

ただ、そんな私の態度こそが、充分な答えだったのだろう。

「行っておいで」

「で、でも……」

華の言葉に、またたじろいでしまう。

「あのね、美羽。美羽って恋愛のことになると消極的だし、合コンに誘われても行かないけど、こういうチャンスは逃さない方がいいよ」

「そうですよ！　これは大きなチャンスなんですから！」

同調する愛子ちゃんの形相は、真剣すぎるほどの剣幕だった。

「しかも、その顔は嬉しいって気持ちもあるんでしょ？」

「美羽さん、恋愛ってしたいと思ってできるものじゃないんです。好きな人だって簡単に作れるわけじゃないんですよ」

「今はそこまでの気持ちじゃなかったとしても、断ったらきっと後悔するよ」

口々に背中を押してくれるふたりは、一呼吸置いたあとでにっこりと笑った。

「相談ならいつでも乗るから」

「むしろ、色々と聞かせてほしいです」

華が私の肩をポンと叩き、愛子ちゃんが大きな瞳を緩めて柔らかな弧を描く。

「うん……。ふたりともありがとう」

断るという選択肢を消せた私が、ようやくして笑顔を見せる。

すると、「どういたしまして」と彼女たちの明るい声が重なった。

第二章　Head Wind

一、海が運ぶ向かい風

天堂さんと私の休みが重なったのは、翌週のことだった。誘われる前にシフトを訊かれたことがあったけれど、彼はそのときに休みが同じ日であると知り、今日の計画を立てたのだと話してくれた。

天候は晴天。青い空には白い雲がゆったりと流れ、日差しが強い。

身支度を整えながら観ていた天気予報では、『日中は暑くなるでしょう』と気象予報士が言っていた。

「おはよう」

「おはようございます」

「ごめん、外で待っててくれたんだね」

「今、出てきたばかりですから大丈夫です。それより、迎えに来ていただいてすみません。ありがとうございます」

アパートの前まで車で迎えて来てもらうことになったため、十五分ほど前から待機していた。

それを笑顔で隠すと、天堂さんが「これくらいいいよ」と微笑んだ。

彼は運転席から降りてきて、助手席のドアを開けてくれた。

まだ乗り慣れない車内には、シトラス系の香りがほのかに漂っている。

天堂さんのオードトワレだと気づいたのは、彼が運転席に座ったとき。

爽やかな匂いに、鼻先をふわりとくすぐられた。

これまでは、天堂さんは香水を使っていないと思っていた。

私が気づいていなかったのか、それとも休みの日にしか使わないのか。どちらにしても、シトラスの匂いを感じるたびに、彼との距離の近さを意識させられる。

まだ会ったばかりなのに、すでに昨夜から芽生えていた緊張感が膨れ上がった。

「いい天気だね」

「あ、はい……」

そのせいか、天堂さんに声をかけられただけで顔が強張ってしまう。

「そんなに緊張しないで。俺までつられそうだから。プライベートで会うのも初めてじゃないんだし、もっとリラックスしてよ」

「でも……なりゆきで食事をした今までとは違って、今日は前から約束してて……。それに、尊敬する人とふたりきりで会ってるのに、緊張しないなんて無理です」

「え？」

途端、苦笑していた彼が目を見開き、意表を突かれたように言葉を失った。

次いで、端正な横顔が気まずそうになる。

頬がほんの少しだけ紅潮しているようにも見えた。

「あのさ……そういう風に言われると、本当に俺まで緊張するから」

しん、と沈黙が下りる。

天堂さんはクールな人で、女性に声をかけられてもたいして表情も変えない。

そんな姿を何度か見たことがあるため、私の方こそ驚いて動揺してしまった。

「すみません……」

「いや、謝らないで。そういうつもりじゃなくて……」

変な空気になってしまった車内が、再び沈黙に包まれる。

それなのに、不思議と緊張感は和らいでいて、この雰囲気を嫌だとも思わない。

「えっと……今日はどこへ行くんですか？」

「それはこれから春川さんに決めてもらおうと思って」

「え？　……私が決めるんですか？」

もう平素の様子に戻った天堂さんは、前を見たまま意味深な笑みを浮かべた。

「海、映画、水族館、遊園地、どこがいい？」

いきなり四つの選択肢を与えられて、彼を見ながらたじろいでしまった。

（こういうときって、どうすればいいの？　えっと……たぶん、海は風が強いと髪がグチャグチャになるよね？　映画だと、なにを観ればいいんだろう……。でも、水族館や遊園地って男性は楽しいのかな……）

答えを求めて、思考がグルグル回る。

私にとっては、生まれて初めてのきちんとしたデート。

よちよち歩きの赤ちゃんよろしく、なにもかもが手探り。

言うまでもなく、どれを選ぶのが正解なのかがわからない。

「ゆっくりでいいよ」と笑う天堂さんは、女性の扱いに慣れているのだろう。

その心遣いが嬉しいのに、彼とはどうしても釣り合わない気がしてならなかった。

「天堂さんはどこがいいですか？」

「俺じゃなくて、春川さんの意見を教えてほしいんだけどな」

君のことをもっと知りたいし、と付け足されたのは、きっと空耳じゃない。

おこがましいと思うのに、心は勝手に浮ついていく。

ふわふわして落ち着きをなくし、ますます考えが纏まらなくなった。

急かされることがないのはありがたい反面、申し訳なくなってしまう。

助けを求めるように天堂さんを見ると、眉を下げて笑われてしまった。

「じゃあ、こうしようか」

程なくして、信号待ちでブレーキを踏んだ彼が、私に穏やかな眼差しを向けた。


大型商業施設内の映画館は、平日だからか比較的空いていた。

天堂さんが提案してくれたのは、映画を観てからランチをするというもの。

上映中はスクリーンに集中すればいいし、その間に緊張が解れるかもしれない。

なんて考えてホッとしたのも、束の間。

ゆったりとしたカップルシートに反して、彼との体の距離が近い。

「どうかした？」

私の戸惑いを知ってか知らずか、天堂さんが顔を覗き込んでくる。

顔立ちが整った彼に下から見られると、たじろぐことしかできなかった。

「えっと……空いてるなって……」

「シフト制で働く特権だな」

どうでもいいことを口にする私に、天堂さんはちゃんと返事をしてくれた。

「俺、平日に出掛ける方が好きなんだ。車も街も休日ほどは混まないし」

「あ、それはわかります。私も、平日の休みだと出掛けたりしますが、土日の休みは家で家事とかしたり……。休日ってどこに行っても混んでるので、どうせ平日に休みがあるなら出掛けるのは平日でいいかなって思っちゃうんですよね」

彼が相槌を打ち、「わかるよ」と微笑む。

そうこうしているうちに映画が始まり、気づけばスクリーンに夢中になっていた。

二時間と少しの映画は、手に汗握る展開が多く、見応えがある。

集中しすぎていたようで、観終わったときには少しだけ疲れていたくらいだ。

同じ施設内のイタリアンバルに移動するまでに感想を言い合っていると、自然と会話が盛り上がっていった。

緊張も解れ、普通に話せている。

どのシーンが一番好きだとか、あの展開は驚いたとか、結末は意外だったとか。

とにかく共感できることが多くて、なんだかくすぐったくなる。

「ルーレットで決めたわりには当たりだったな」

「そうですね」

ふふっと笑った私に、向かい側に座る天堂さんが目を細める。

映画を観る前、お互いに相手を気遣うあまり、なにを観るかが決まらなかった。

そこで、天堂さんがスマホを開き、唐突に抽選アプリをダウンロードしたのだ。

彼から『これで決めよう』と言われたときは、いささか不安だった。

ただ、結果的にはそれがいい方向に転んだと言えるだろう。

「あんな提案をしておいて、つまらない映画だったらどうしようかと思ってたんだ」

「もし映画がおもしろくなかったとしても、色々な感想を言い合えて楽しめたかもしれませんよ？」

「あまりにもおもしろくなかったら、気まずくなるかもしれないだろ？」

「その可能性もあったとは思います。でも、天堂さんがあんなことをする人だとは思わなかったので、意外な発見ができたことが楽しかったです。天堂さんって、実はおちゃめなんですね」

「そんなこと言われたのは初めてだな」

「褒め言葉ですよ？」

「君が人を貶す女性だとは思ってないよ」

テーブルに肘を置いて頬杖をついた天堂さんが、瞳をゆるりとたわませる。

柔和な面持ちにドキッと鼓動が跳ねた私を余所に、彼が私を真っ直ぐ見つめた。

「春川さんとこうして話すのは三度目だけど、君は愚痴も悪口も言ったことがない。もちろん、俺相手に言いづらいのもあるとは思う。でも、初めて一緒に食事をした夜も、君に迫ってた男のことすら悪く言わなかっただろ」

「そんな……。あれは、上手くかわせなかった私にも問題はあるので。次に活かせるようにしないとって反省してたくらいです……」

「自己犠牲のつもりはないんだろうけど、そういう考え方は心配になる。でも、そうやって自分を省みるところや人を悪く言わないところは、君の長所でもあるんだろうな。そういうところもいいな、って思うよ」

予想だにしなかった言葉に、目を小さく見開いてしまう。

しかも、天堂さんは『そういうところ〝も〟』と言った。

深読みしてはいけないと思うのに、彼の眼差しが優しくて思考が鈍っていく。

勘違いしそうで怖くなる。

すぐに動揺してしまうのは、私がこの手のことに慣れていないから。

自分を律するように、『そんなはずはない』と戸惑う心の中で繰り返した。

その後、少し遅めのランチを済ませると、天堂さんがドライブに誘ってくれた。

高速道路を走る車は風を切るように進む。

けれど、彼の運転はいつだって安全で穏やかで、スピードを上げた車内にいても不安はちっとも感じない。

車線変更やインターを降りるときも、まるでお手本のようにスムーズだった。

「パイロットの方って、皆さん運転がお上手なんでしょうか」

ふと、疑問に思ったことを口にすれば、天堂さんが不思議そうな顔をした。

「あ、えっと……天堂さんって、車の運転もお上手なんだなって」

彼が操縦する飛行機に乗ったことがあるわけじゃない。

ただ、その腕は栗原さんも一目置くほどだと聞いている。

「春川さん、俺が操縦する飛行機に乗ったことは？」

「いえ……。実は私、それほど飛行機に乗った回数は多くなくて……。あ、でも天堂さんの噂は聞いてます」

噂なんてあてにならないよ、と天堂さんが苦笑を漏らす。

本人の意見はどうであれ、確かな技術がなければ『同年代で機長に一番近い人』なんて言われないはず。

少なくとも、周囲が信頼できる腕があるに違いないのだ。

「でもまあ、安心して助手席に乗ってもらえてるならいいか。それより、春川さんが飛行機に乗った回数が多くないなんて意外だな」

子どもの頃の家族旅行、高校の修学旅行、大学生のときの卒業旅行、そして就職後に華と毎年行っている旅行。

すべてを合わせると両手では足りないけれど、決して多い方ではないだろう。

そう説明すると、彼がますます意外だと言わんばかりの顔つきになった。

「あれだけ飛行機が好きだから、てっきり昔からもっと乗ってたのかと……」

「そうでもないんですよ。実は、母が飛行機が苦手で、片頭痛持ちなのと『落ちそうで怖い』っていうのが口癖なんです」

「確率的には、交通事故に遭うよりも墜落の可能性の方が遥かに低いんだけどな。俺なんて何回飛行機に乗ったかわからないが、普通に生きてるのに」

「ですよね。でも、父がなにを言ってもダメだったんですよ。だから、家族旅行で飛行機に乗ったのは一回だけで、あとは新幹線か車移動でした」

その一回も、母はずっと体調が悪そうにしていた。

初めて乗る飛行機に大興奮だった私が、母を心配するあまり、搭乗後には借りてきた猫のように大人しかったくらいに……。

「大学時代には友人と何度か旅行に行きましたが、基本的には新幹線が多くて。定期的に乗るようになったのは、就職後に同期と旅行するようになってからです」

それだって、せいぜい年に一回か二回というところ。

長期休暇はそう取れないし、同期の華と休みを合わせるのもなかなか難しい。

愛子ちゃんが入社してからは彼女も一緒に行っているため、三人の予定を合わせようとすると年に一回くらいが限界なのだ。

海岸沿いを走る車の中でそんな話をしていると、海が望めそうなカフェが視界に入り、休憩しようということになった。

「もっと飛行機に乗りたいと思わない?」

天堂さんはふたり分の注文を済ませると、さきほどの話題に触れた。

「思いますよ。でも、私はやっぱり飛行機が飛ぶところを見る方が好きなのかもしれません。乗るのも好きですけど、それとは別というか……」

「ちょっとわかるな。俺は操縦するのが好きだけど、外から見る機体はまた違った魅力がある」

こうして彼に共感してもらえると、やっぱり嬉しくなる。

「そうですよね。あ、でも、いつか天堂さんが操縦される飛行機には乗りたいです。これまでは、一度も天堂さんが担当されるときには当たらなかったので」

「だったら、一日も早く機長に昇格できるように頑張らないといけないな」

天堂さんがどこか嬉しそうに瞳をたわませ、私を見つめてくる。

あくまで噂でしか知らないけれど、天堂さんの技術力の高さには定評がある以上、彼がこれまでに努力してきたのは明白のはず。

にもかかわらず、優しい笑顔でそんな風に返されると、まるで〝君のために〟とでも言われているような錯覚に陥る。

おこがましすぎる妄想を押しのけても、なんだか落ち着かない。

浮ついた心をたしなめるためにストロベリーティーに口をつける私を余所に、時間はゆっくりと流れていった。


「天堂さん、せめてお茶代くらいは……」

カフェを出た直後、そう切り出した私は、天堂さんに「いらないよ」と制されて戸惑ってしまう。

おいしいお茶とフルーツタルトをお供に楽しい一時間を過ごせたものの、バッグから出した財布を持ったまま眉を下げた。

最初の食事代、二度目のお茶代、そして今日の映画とランチに続く今。

天堂さんは、一度たりとも私に支払いをさせてくれなかった。

「本当にいらないよ。自分から誘っておいて出してもらう気なんてない」

ためらい一色の私に、彼がふっと頬を緩める。

「それに、今日は春川さんの笑顔がたくさん見られて、君のことを色々と聞かせてもらえたから充分だ。もっとご馳走したいくらいだよ」

「っ……」

冗談めかしているのに、その瞳は真っ直ぐ私に向けられていて。冗談じゃない、と暗に言われている気がする。

「でも、そんなに気になるなら、もう少し付き合ってもらってもいい？」

真意を訊く勇気はないまま、立ち尽くしてしまう。

すると、天堂さんが海に続く階段に視線を遣った。

数秒悩んで小さく頷き、ゆっくりとした足取りで海岸に向かう。

今朝の天気予報通り、今日はずっとよく晴れている。

これまで室内にいたからわからなかったけれど、すぐに日差しの強さを実感した。

ミモザが描かれたワンピースが風に揺れる。

彼の隣に並ぶ私は、ワンピースの裾を押さえながら潮の匂いに包まれていた。

「いい天気だけど、少し日差しが強いな。暑くない?」

「平気です。それより、本当にご馳走様でした」

「気にしなくていい」

もう一度お礼を言って、ふと視線を上げた。

「あっ!」

刹那、ふたり同時に空を仰いだ私たちの声がぴたりと重なった。

青空を泳ぐように飛ぶ銀翼が、視界に入ってきたのだ。

「飛行機が飛んでると、やっぱり見てしまうよな」

「はい。もう癖になってる気がします」

「俺も。あの機体はどの機種だろうって考えたりね」

「完全に職業病ですね」

顔を見合わせ、どちらからともなくクスッと笑ってしまう。

映画、ランチ、ドライブにお茶、そして海岸沿いを歩く今。

今日一日ずっと天堂さんと過ごしているけれど、やっぱり私たちの会話が一番弾むのは飛行機に関することだと思う。

なによりも身近な話題で、お互いに好きなものだからなのかもしれない。

程なくして、再びあてもなく歩き出した。

こんな風に天堂さんと歩いていると、私たちの仲が深まったような気持ちにさせられる。

勝手な錯覚なのに、彼がいつも以上に饒舌だったことが余計にそう思わせた。

なんて考えていた私は、パンプスを履いている足が砂に取られて……。

「きゃっ……！」

バランスを崩して転びそうになった瞬間、右から伸びてきた手に受け止められた。

「大丈夫？」

意図せず、天堂さんとの距離が近くなる。

ほぼ真上から降ってきた声の低さに鼓動が飛び跳ね、勝手に早鐘を打ち始めた。

「……ッ！　す、すみません……」

声が震える。

頬が熱い。

鼓膜が痺れたようにじんじんして、顔を上げられない。

骨ばった手の感触が布越しに伝わってきて、掴まれている腕にも熱が帯びていく。

「すまない。パンプスだと歩きにくいか。海岸を歩くのはやめておくべきだったな」

一方、彼は至って普通で、動揺しているのは私だけだと思い知らされた。

「大丈夫です……。ちょっとぼんやりしてて……」

離れようと一歩下がったのに、天堂さんの手は私の腕を掴んだまま。

それどころか、わずかに力を込められて、内心ではパニックになっていた。

(な、なんで……？　どうすればいいの……？　こういうときって、すぐに離れるんじゃないの？)

相手がもし付き合っている男性なら、このまま手を繋ぐのかもしれないけれど。彼と私の仲は、そういうものじゃない。

どういうものなのか、と尋ねられても明確に答えられないものの、少なくとも恋人なんて関係になることはありえないのに……。

「転ぶといけないから、このまま歩こうか」

そんな私の動揺なんて知らないせいか、彼はとんでもない提案をした。

しかも、私が答える暇もなく握られた手のひらを引かれてしまう。

(どうしよう……。こんなの、私……)

ただ、手を繋いでいるだけ。

それでも、慣れていない私にとっては一大事で、平静なんて装えない。

拍動だって、ずっとうるさいまま。

緊張でいっぱいで、私の意思なんて関係なく心も頭も天堂さんの存在で埋め尽くされていく。

呼吸の仕方も忘れてしまいそうだった。

(でも……こんな風に過ごせるのは今だけだから……)

彼にドキドキさせられるたび、心は勝手に揺れる。

天堂さんと話していると、時間を忘れてしまうくらい楽しい。

知らなかった彼の素顔を見られると嬉しくて、胸の奥が勝手に弾む。

心がくすぐったくて、ときには身の置き場がないような気持ちにもなるのに、天堂さんのことをもっと知りたいと望んでいる私がいる。

今だって、緊張で息もできなくなりそうなのに……。私の左手を優しく包む大きな手を離したいとは思えない。

初めて味わう感覚は、私をどんどん困惑させた。

「もしかして、体調が悪くなった?」

不意に足を止めた天堂さんが、私をじっと見つめてきた。

「なんだか浮かない顔してる。顔色も少し悪いみたいだし」

彼に心配をかけないように慌てて首を横に振ったけれど、心の中でグルグルと回っている感情をどうすることもできない。

「……本当はデートが嫌だった？　春川さんはずっと笑顔でいてくれたけど、もともとは俺が強引に誘ったんだし、断りにくかったよな」

「そんなこと……！」

咄嗟にかぶりを振り、否定の意を伝える。

最初からの乗り気だったわけじゃないけれど、嫌だなんて一度も思っていない。

ただ、天堂さんの真意がわからないから、ずっと引っかかっているだけで……。

「あの……どうして私を誘ってくださったんですか……？」

そんな気持ちが込み上げ、とうとう我慢できなくなって核心に触れてしまった。

一度目はなりゆきだった。

二度目は彼から誘われたけれど、なりゆきに近いものもあった。

けれど、三度目の今日は、そうじゃないとはっきり言える。

「君に惹かれてるんだ」

突如、強い潮風が吹き、私たちの間にあるわずかな隙間を抜けていった。

この場のすべてをさらっていくように、けれど天堂さんの言葉だけを残して。

「これまでは君に対して人として好感を持っていたが、あの夜に春川さんと食事をしてから空港内で自然と君の姿を探すようになった」

瞠目する私は、意志の強さを秘めた瞳に捕らわれてしまう。

「春川さんは、どんなに忙しいときでもお客様に対して笑顔を崩さず、分け隔てなく接してるだろ。そういう丁寧さを、もともと好意的に見てた」

「そんなの、スタッフならみんな――」

「当たり前のことかもしれないが、誰にでもできることじゃない」

ようやく口を開いた私の声を、彼が優しく遮った。

「それに、楽しそうに働く姿もいいなと思ってた」

天堂さんは、私のことなんてよく知らないと思っていた。

顔と名前くらいは認識されているかもしれないけれど、それ以上のことは気にも留められていない……と。

ところが、彼は以前から私の仕事をきちんと見てくれていたのだ。

素直に嬉しい。

それなのに、なぜか無邪気に喜びを感じられない。

「そんな中、あの夜に春川さんのことを少しだけ知ることができて、自分の中の気持ちが変わっていくのを感じた」

怖いくらいに真っ直ぐな双眸が、私を捕らえて離さない。

心まで奪われていく。

「もっとはっきり言うと、春川さんのことが好きなんだ」

さらに真剣な声音で紡がれた言葉が、逃がさないと言わんばかりに鼓膜を揺らす。

「春川さんが戸惑ってるのはわかる。でも、この仕事をしてるとなかなか会えないから、今日は俺の気持ちだけは伝えておきたかった」

海が運ぶ向かい風を受けながら、搦め取られた心も体も動けなくなっていた。

沈黙が下り、潮騒だけが耳に届く。

あまりにも唐突で、天堂さんの言葉を呑み込めなくて。なにをどこから考えればいいのか、思考がまったく纏まらない。

もちろん、彼の気持ちは嬉しい。

尊敬するパイロットからこんな風に言われて、喜びが芽生えないわけがない。

ただ、自分の中にあるのが恋愛感情なのかがわからなかった。

天堂さんの何気ない言動にドキドキするのも、ごまかせなかったときめきも、もしかしたら芸能人に憧れるようなファン心理じゃないか……と感じているから。

彼に対する気持ちを、『〝推し〟に対するものに似ている』と考えたことがあった。

あのときに抱いていたものと今の感情が明確に違う、と言い切る自信がまだない。

だからこそ、どう答えればいいのか……と悩んだ。

そんな私の心情を察したのか、天堂さんが困り顔で微笑む。

「返事は焦らなくていいから。今はただ、俺の気持ちをわかっていてほしい」

周囲には人がいたはずなのに、まるでこの世界にふたりきりであるかのような感覚に包まれ、波の音が遠のいていく。

視界のど真ん中で私を優しく見つめる彼に、私はただただ小さく頷くことしかできなかった――。

二、上昇していく心　Side Haruto

晴天が続いている、五月の三週目。

昨日の暑さとは打って変わって、今日は気温が七度ほど低かった。

けれど、風は穏やかで、今日のフライトは天候の心配は少なくて済みそうだ。

(春川さんは、今日の担当はカウンターだって言ってたな)

ふと脳裏に過ったのは、春川さんの笑顔。

彼女とは、昨日デートをしたばかり。

映画を観てランチを摂り、カフェでお茶をして海岸沿いを歩き、夕食も共にした。

ただ、海岸で告白したせいか、それ以降の春川さんは昼間の饒舌さをなくし、どこか気まずそうにしていた。

嫌悪感を持たれていないのはなんとなく察したが、きっと戸惑っていたのだろう。

あのタイミングで想いを伝えればああなることは、最初から予想できていた。

それでも、心を占める感情を打ち明けずにはいられなかったのだ。

春川さんと親しくなったきっかけは、四月上旬のある夜のこと。

業務を終えて空港を出たところで、男性と話しているのを目撃した。

様子がおかしいことに気づくまでには、そう時間は要しなかった。

あれこれと話す男性に反し、彼女の表情はどこか強張っていたからである。

クレームか、タチの悪いナンパか。

グランドスタッフやCAならそれなりに経験することだろうが、春川さんが困っているのは少し距離があっても見て取れた。

正直、面倒だと思わなかったわけではない。

しかし、運悪く彼女が周囲の視界から遮られる位置にいたため、守衛や周囲の人たちには気づかれていないようだった。

そんな中で気づいた以上は放っておくこともできず、声をかけたのだ。

男性はその日の便の乗客だったようで、春川さんを待ち伏せしていた様子だった。

端的に説明した彼女を庇うように立ち、すぐさまその場を離れた。

春川さんに『なにかお礼を』と言われたときは、本気でそんなものはいらないと思っていたが、他意がなさそうに頭を下げる姿を前に無下にするのも憚られた。

だから、彼女を食事に誘ったのはほんの気まぐれだった。

帰宅途中にどこかで食事を摂るつもりだったし、そのついでなら別にいいか……くらいに思っていたのだ。

スタッフと親しくなる気はないが、春川さんの仕事ぶりは好意的に見ていたため、彼女と話してみたかったというのもわずかながらあった。

ところが、春川さんの趣味について聞いたのを機に、彼女への興味が湧いた。

飛行機が好きで、写真を撮り、それをSNSに上げる。

写真映えを狙っているのではなく、あくまで被写体である航空機をより美しく撮りたいというのが伝わってきて、いっそう興味を引かれた。

今どきの若い女性にしては写真映えを狙っていないのは珍しいな、とも思った。

俺は幼い頃、飛行機好きの父に空港に連れていってもらったのを機に飛行機に夢中になり、いつしかパイロットを目指すようになった。

春川さんの場合はグランドスタッフだが、飛行機や空港に興味を持った経緯がとてもよく似ていたのだ。

むしろ、似ていたというよりも〝同じだった〟と表現してもいいくらいだろう。

飛行機が好きだという彼女がグランドスタッフを目指したのは意外だったが、その理由もとても好感が持てるものだった。

『飛行機が空に吸い込まれていくように見える瞬間が、なによりも一番好きなんです』

しかも、春川さんに飛行機のどんなところが好きかと尋ねると、彼女はそんな風に口にし、ますます好意的な感覚を抱いた。

俺が一番好きなのは、コックピットから見る景色だ。

ランウェイを滑るように走り、空に向かっていく。

その瞬間は、何度経験しても飽きることがない。

青空、夜空、地上に広がる海や街。

ドーハの高層ビルの夜景、ブラジルの星空、カナダのオーロラ。

挙げればキリがないほど、上空から見る美しい景色に幾度となく感動した。

事故に繋がるかもしれない雷ですら、美しいと思ったこともある。

そして、それらと同じくらい、飛行機が飛んでいく姿にも心惹かれるのだ。

風を切る両翼。機首を持ち上げて地上を離れていく機体。

重力なんてものともせずに飛び、空に吸い込まれていくように見えるその姿は、地上から見る飛行機の一番好きな姿だった。

だからこそ、俺とまったく同じことを言う女性が近くにいたことに喜びが芽生え、ガラにもなく心が逸った。

翌日から、羽田空港内でつい春川さんの姿を探すようになって……。そんな自身の行動の理由に気づくまでには、そう時間はかからなかった。

我ながら単純だな、と自嘲した。

春川さんに告白したときに伝えた通り、もともと彼女の仕事ぶりには好感を持っていた。

いつも笑顔で、丁寧なのはもちろん、どんな乗客にも分け隔てなく接する。

業務中はいつも、グランドスタッフの仕事が好きだというのが全身から伝わってくるように楽しそうで、トラブルにも真摯に対応する姿を目にしたこともある。

そういうスタッフだと知っていたところに、あの夜の出来事。

春川さんとの時間は有意義で楽しく、彼女のことをもっと知りたいと思ったのだ。

恋愛なんて、しばらくは必要ないと思っていた。

多忙だというのもあるが、三年ほど前まで付き合っていたCAの道岡麗奈《れいな》と別れて以来、意図的に避けていたのも否めない。

フライトでよく一緒になっていた彼女とは、一年ほど付き合っていた。

美人CAとして人気の麗奈は、華美な外見から想像するよりもずっと気さくで話しやすく、仕事熱心な彼女に対しては尊敬の念もあった。

だから、告白されたときには数日悩んだのちに付き合うことにしたが、あるとき麗奈の本音を知り、すぐに別れを決めた。

『晴翔って、付き合うにはおもしろくない男なのよね。仕事にストイックでオフの前日ですらお酒を飲まないし、プライベートでも仕事の話ばかりだし……。それでも付き合ってるのは、優越感に浸れるから。だって、最短で機長昇格確実って言われてるんだもの。恋愛相手としてはつまらなくても、手放すには惜しいでしょ?』

そう語っていた彼女の電話の相手が誰だったのかはわからない。

友人か同僚だったのか、もしかしたら家族だったのかもしれない。

いずれにせよ、それが本音だったと知り、幻滅したのだ。

誰にだって、言えないことや秘密くらいはあるだろう。

別に、それを責める気も追及する気もない。

ただ、麗奈とは仕事でもプライベートでもお互いを刺激し合い、高め合える関係だと思っていた。

ところが、そんな風に感じていたのは俺だけだったのだ。

付き合う相手にステータスを求めることが悪いとは言わない。

そういう恋愛もあるだろう。

けれど、俺はそんな女性と一緒にいたいとは思えない。

もちろん、彼女とこの先も付き合っていくのは無理だった。

麗奈とは恋愛に関する考え方に相違があり、そんな彼女の本心をずっと見抜けなかった自身に人を見る目がなかった。

ただ、それだけのことだ。

そう自己完結し、麗奈には電話の内容を聞いていたことは言わず、『考え方が合わないから別れよう』とだけ告げた。

彼女はすぐには納得しなかったが、俺の意志が固いと察したあとには承諾した。

そんな経験を経たからこそ、次の恋愛では少なくとも社内の人間は避けたかったのに……。俺が心惹かれた女性は、自社のグランドスタッフだったのだ。

羽田空港でしか会えない春川さんと話すには、自ら声をかけに行くしかない。

ときには強引に、けれどやりすぎないように。

彼女の業務の邪魔をしないことだけには、細心の注意を払った。

しかし、春川さんの懸念事項は他にもあったようで、彼女はいつだって周囲の視線を気にしている様子だった。

コーパイという立場上、それなりに目立つことは自覚している。

空港内を歩けば子どもたちに憧れの眼差しを向けられたり、同僚や乗客の女性から声をかけられたりすることも数え切れないほどある。

そんな俺といて目立つのを避けたかったのかもしれない。

なんとかプライベートで再び春川さんと一緒に過ごせたとき、少しでも彼女との接点が欲しくて連絡先を交換し、それからは頻繁にメッセージを送った。

しつこくならないように留意しつつ、フライト先の景色を写真に収めて送れば、春川さんからは飛行機の写真が返ってきた。

メッセージの内容なんてなんでもよかった。

彼女が返事をくれることが、ただただ嬉しかった。

それでも、人間とは欲張りなもので、姿を見れば話しかけたくなる。

できるだけ人目を避けるようにしながらも、空港内で春川さんを見つけるとつい彼女のもとに足を向けてしまっていた。

そうしてなんとか距離を縮め、半ば強引にデートに誘ったのだ。

承諾してもらえない可能性も考えていたが、春川さんは断らなかった。

その事実だけで頬が緩んだなんて決して口にはできないが、デート当日のワンピース姿の彼女の可愛さに胸が高鳴り、一挙手一投足から目が離せなかった。

緊張していた春川さんにつられたり、どの映画を観るのかを決めるのに上手くリードできなかったり……。満点とは言いがたいデートだった、と不甲斐なく思う。

けれど、彼女はいつしかリラックスした笑顔を見せてくれ、自分から色々なことを話してくれた。

海岸で転びそうになった春川さんを支えたとき、華奢な腕を掴んだ自分の手に熱が灯った。

それなのに、どうしても手を放したくなくて、小さな手のひらを包み込んだ。

その行動が、感情を抑え切れなかったきっかけのひとつだった気もする。

地上を離れる機体のように、上昇していく心を止められなかった。

もともと、またしばらくは会えなくなるだろうと考え、春川さんに自分の想いを知っていてほしいという気持ちはあった。

焦りが前面に出ている自覚はあったものの、俺がいない間に彼女を狙う男が現れないとも限らない。

だからせめて、春川さんの頭の中を俺でいっぱいにしていてほしかった。

狡猾で余裕のない男だな、と自嘲する反面、想いを伝えられたことは嬉しかった。

生まれて初めての告白はとてつもなく緊張し、余裕を持って伝えたかったのにいまいち決まらなかったかもしれない。

これまで女性から声をかけられたり告白されたりすることはあっても、あんな風に自分からアピールすることなんて一度もなかったため、平静を装う内心ではとにかく必死だったのだ。

それでも、この恋情を彼女に知ってもらえてよかったと思っている。

この先どうなるかはわからない。

戸惑っていた春川さんが、俺の想いを受け入れてくれない可能性は大いにある。

簡単に諦める気はないものの、彼女が本気で嫌がるのなら無理強いはできない。

その上、今日から数日間は日本を離れるため、物理的な距離が生まれてしまう。

この状況は、少なからず不利かもしれない。

業務がある以上は責務を全うするし、これについて悩む気はない。

天職だと思うほどに好きな仕事である。

羽田空港に着いたら一旦この件は忘れて、仕事に集中するつもりだ。

その代わり、帰国したら真っ先に春川さんに会いに行こうと決めている。

それまでにほんの少しでも彼女の心が俺に動いてくれることを願っていた――。

『ブリーフィング』は順調に終わった。

ブリーフィングとは、いわゆる打ち合わせだ。

同じ機に乗る機長とコーパイで、今日の天候や乗客数などの様々な情報を共有し、フライトスケジュールを綿密に確認する。

逆に、デブリーフィング、通称『デブリ』と呼ばれているのは、現地に到着したあとで行う報告会のようなものだ。

今日は長時間のフライトになるため、機長がふたりにコーパイがひとりという合計三人の、マルチ編成でのフライトになる。

栗原キャプテンと俺が操縦席に座り、もうひとりの機長が交代要員だ。

飛行機に搭乗したあとには、キャビンで乗務員たちともブリーフィングを行う。

「天堂、今日はよろしく」

ブリーフィングのあとで、栗原さんに声をかけられた。

「よろしくお願いします」

俺が頭を下げると、彼がにっこりと笑う。

栗原さんは『グレートキャプテン』と呼ばれるほど、周囲から尊敬されているパイロットだ。

俺もそのひとりで、彼に憧れと尊敬の念を抱いている。

自分に厳しく、努力を怠らず、誰に対しても誠実で優しい。

フライト中は冷静沈着で、パイロットとしての技術力が高く、後輩の育成にも力を注いでいる。

仕事に関しては容赦のない厳しさを見せるところもある人だが、そのあとのフォローは忘れず、相談にだって親身に乗ってくれる。

パイロットの中に栗原さんを尊敬していない者は、恐らくひとりもいないだろう。

仕事では人に対しての好き嫌いは作らないように意識しているが、彼と組める日は嬉しいと思うのも否めない。

「今日はいつもよりも表情が明るいな」

「そうですか?」

「ああ。普段はもっと気取った笑顔だろ」

「そんなつもりは……」

確かに、俺はよく笑う方ではない。

仕事中は神経を張り巡らせているし、もともと談笑を好むタイプでもなく、同僚とは一定の距離を置いている自覚もある。

とはいえ、気取っているつもりはまったくなかった。

「冗談だよ」

「……笑えませんよ。俺、愛想のいい方ではないですが、別に気取ってるわけではないですからね」

「ただでさえ、男前は気取って見えるんだよ」

冗談とも本気ともつかない口調に、どう返すべきかと悩んでしまう。

「こらこら、本気で捉えるな。男前なのは本当だが、真面目に受け取らなくていい」

「男前でもないですけど……」

「お前、今ここにいる男を全員敵に回すぞ」

クッと喉の奥で笑った栗原さんが、優しい目を向けてくる。

「でもまあ、いつもより雰囲気が柔らかい気がしたのは本当だよ」

彼の言葉に、わずかな面映ゆさを感じる。

もし俺が纏う雰囲気が普段よりも柔らかいのだとしたら、きっと昨日の春川さんとのデートが楽しかったからだろう。

彼女と過ごした時間を思い出すと心が満たされ、また頑張ろうと思えた。

そんな気持ちを胸にフライトケースを持ち、空港内を抜けて機内に向かう。

その後、コックピットから一度離れて飛行機を降り、整備士への整備状態の確認を済ませ、飛行機の外部を点検していく。

次いで、クルーとのブリーフィングや計器類の確認などにも取りかかった。

安全確保のため、パイロットは離陸前にこういった確認作業を細かくこなし、フライトに臨むのだ。

それらが終わると、ようやく乗客の搭乗を開始する。

ここまでのスケジュールは分刻み。

もちろん、このあとものんびりしている暇はない。

コックピットの右側に座ると、左側に着席した栗原さんが俺を見た。

「天堂、フライトは？」

「常に冷静に、安心安全を心掛ける。そして、パイロットも空の旅を楽しむ」

彼の教え通りに答えると、満足げな表情が返ってくる。

「さすが俺の可愛い後輩だ」

「栗原さんの教えを忘れるわけがありません」

栗原さんは嬉しそうに微笑み、右手を差し出した。

「いいフライトにしよう」

「はい」

その手を握り返して固く握手をすると、彼の顔つきがグッと引き締まる。

同時に、コックピットが心地好い緊張感に包まれた。

「Tokyo ground, Japan Wing Air803――」

栗原さんが管制官――『ATC』とイニシャルコンタクトを取り、飛行許可を取得して地上走行に入る。

ランウェイにたどりついた機体は、そのまま離陸体勢に移った。

上昇が安定して自動操縦――『オートパイロット』に移行するまでは手動で行うため、離陸時には手動での操縦が必要となる。

機体が陸を離れて空に向かい、巡航高度に到達すると、基本的にオートパイロットとなる。

とはいえ、その間にも確認事項は山ほどある。

各国のATCとは随時通信しており、きちんと水平飛行ができているか、計器が問題なく作動しているか……などといったことも含め、様々なことに留意しなければならないからだ。

刻々と変化する天候も意識し、オートパイロット機能の調整も行っている。

そのため、オートパイロットであっても、パイロットの目や技術が必要なのだ。

一般的には着陸の方が難しいと思われがちだが、パイロットの目線で言えば離陸の方がずっと技術が必要だ。

離陸してから機体が巡航航路に達して安定するまでは、どんな作業よりも緊張感が高まる。

「よし、安定したな」

「はい。異常もありません」

機体が安定したことを確認し、まずは一息つくような気持ちになった。

羽田空港からドイツのフランクフルトに向かうには、日本海上空を通る。

ロシア方面に向かってサンクトペテルブルグを過ぎ、エストニア上空を通過して、フランクフルトへ……という航路だ。

今日は予報通り天候に恵まれ、日本海上空はよく晴れていた。

空を飾る月と星に、雲間から見える地上の灯り。

コックピットから見える景色はいつも綺麗だが、今夜は特に美しく思える。

感動にも似た感覚が芽生えたほどだ。

その理由はなんとなくわかったが、今は業務に集中すべきだと自身に言い聞かせ、操作に注力する。

途中で風による揺れが何度か生じたものの、すべて問題はなかった。

二十二時四十分に羽田を離陸した飛行機は、十五時間半ほどをかけた空の旅を滞りなく終えようとしている。

ATCからの指示と許可をもらい、降下を開始した。

機体はときおり風の影響を受けながらも、徐々に高度を下げていく。

順調に着陸態勢に入り、しばらくしてギアダウンする。

無事に地上に下りた機体がランウェイを滑るように走り、速度を落としていった。

定刻通りにフランクフルト空港に到着すると、栗原さんとお互いを労い合った。

「お疲れ様でした」

「お疲れ様。無事にフライトを終えられてよかった」

笑顔の彼に頷き、「そうですね」と口元を綻ばせる。

天候に恵まれたからといって、トラブルが起きないわけではない。

乗客の中に急病人が出ることもあれば、エンジントラブルや乱気流、急な天候不良など、様々なリスクが起こりうる。

空の上という閉鎖された空間では、ほんのわずかなトラブルが大きな危機へと転じることもあり、一度空に飛んでしまえば着陸するまでは気を抜けない。

幸いにして、俺自身はこれまで大きな事故に遭遇したことはないが、ときには緊迫した状況に陥ることはあった。

だからこそ、何事もなく目的地に着陸できたあとは、達成感と安堵感に包まれる。

「さあ、まだ気を抜くのは早いぞ。もうひと仕事だ」

フライトケースを手に、コックピットを出る。

すべての乗客の姿が機内にないことを栗原さんとともにしっかりと確認し、クルーを先に降ろす。

パイロットは、最後に飛行機を降りる決まりなのだ。

ボーディングブリッジを通り抜け、入国審査を済ませると、ホッと息を吐いた。

いつも空港に降り立って初めて、本当の意味で安心できる。

デブリとその他の業務を終えて近くのホテルに移動したあとは、少し休んでからグローセ・ボッケンハイマー通りに向かい、カフェに入った。

プレッツェルとヴァイスヴルストで空腹を満たしていく。

ヴァイスヴルストとは、レモンやハーブで味付けされたソーセージだ。

ふわふわとしたような柔らかい食感で、マスタードとよく合う。

ドイツには様々な種類のソーセージがあるが、俺はこれとチューリンガーと呼ばれるものが好きだった。

食べながらスマホを取り出すと、春川さんからのメッセージが届いていた。

ホテルに着いたあと、無事にフランクフルトに到着したと連絡していたため、彼女は仕事が終わってすぐに返信をくれたようだ。

【お疲れ様です。無事にフライトを終えられてよかったです】

至ってシンプルな文面を、何度も読み返してしまう。

長時間のフライトだったにもかかわらず、これだけで疲労感が和らいだ。

日本との時差は七時間。

こちらはちょうど正午を迎えるところ。

春川さんは今頃、夕食を食べる頃だろうか。

思わず声が聞きたくなったが、少し考えた末に自重した。

俺は、明日と明後日の二日間のオフを挟み、明々後日の午後一番の便でフランクフルトを発つ。

日本の方が七時間進んでいるため、東京に戻るのは四日後の朝九時頃。

遅番明けの彼女はとっくに退勤しているはずで、会うことは叶わない。

昨日のフライト前にも会えなかったせいで、そんな風に感じてしまう。

「……長いな」

(重症だな)

うっかり漏れた本音は苦笑でごまかす。

けれど、心は素直なもの。

その場しのぎのごまかしなんて一切利かず、今すぐに春川さんに会いたくてたまらなくなってしまった。

遠く離れた国は、彼女との距離を一段と感じさせる。

フライト中は仕事のことしか考えられなかった。

それなのに、こうしてゆったりとした時間を過ごしていると、春川さんの笑顔ばかりが脳裏を巡った。

(お土産でも買いに行くか)

きっと、恐縮しながらも喜んでくれるだろう……なんて考えて頬が綻ぶ。

異国の街並みの中、俺は彼女のことばかり想っていた——。

三、揺れて彷徨って

早番だった今日は、帰宅後に家事に勤しんだ。

ゆっくりするつもりだったのに、なんだか落ち着かなくて……。キッチン周りの掃除を始めたのを機にあちこち磨き始め、窓やバスルームまでピカピカになった。

夕食とお風呂を済ませた今、仕事と家事で疲れ切っているはずの体は重怠いのになかなか寝付けずにいる。

明日は休みとはいえ、できるだけ早く眠りたい。

それなのに、ベッドの中では天堂さんのことばかり考えてしまって、一向に眠れそうになかった。

彼とデートをしたのは、数日前のこと。

映画もランチもドライブも楽しみ、カフェからの眺望とスイーツも満喫した。

最初こそ緊張で上手く話せなかったけれど、映画を観たあとからは会話が弾み、天堂さんはよく笑ってくれていたと思う。

彼も楽しんでくれているのだと伝わってきて嬉しくなったし、ドキドキさせられながらも心が躍っていたのは否定できない。

そんな中、思いもよらないことが起こったのだ。

(あれって、やっぱり夢じゃなかった……よね?)

告白されるなんて考えもしなかった。

華や愛子ちゃんの話はあくまで彼女たちの想像として処理し、それが正しいとすら思っていた。

ところが、天堂さんは私を好きだと言ってくれたのだ。

真っ直ぐな眼差しで、優しい声音で、真摯な言葉で。

「……ッ」

忘れられないほど強烈だった状況を何度も脳裏で繰り返しては、鼓動が暴れ出す。

海岸で彼が想いを伝えてくれてからずっと、私はひとり動揺しては顔を真っ赤にして、狼狽えるばかりだった。

仕事中こそなんとか平静を纏えたものの、油断すれば天堂さんのことを考えてしまいそうで、とにかく平常心を保つことに努めた。

そのせいか、ここ数日はいつも以上に疲労が溜まっている。

にもかかわらず、彼の表情も言葉も、そして繋いだ手から伝わってきた体温すらも消えなくて。頭の中では、あの瞬間を何度も繰り返してしまうのだ。

天堂さんの気持ちは、正直とても嬉しかった。

あのときは戸惑いに包まれて、動揺でいっぱいで、素直に喜んではいられなかったけれど……。時間が経てば経つほど、嬉しいと強く思うようになった。

一方で、自分自身が彼をどう思っているのかはよくわからずにいる。

この三日間、私の勤務時間に天堂さんが羽田空港内にいないことは知っていた。

彼は、一昨日の夜遅くの便でフランクフルトに発ったから。

同日の私は、早番だったために顔を合わせることはなく、今日に至っては天堂さんはフランクフルトにいる。

彼から無事に着いたという連絡だってもらった。

それなのに、一昨日も昨日も今日も、パイロット制服の男性を見かけると天堂さんの姿を想像してしまい、無意識のうちに彼を探しているときもあったのだ。

(日本とフランクフルトの時差って、七時間だったよね)

フランクフルトは、夕方くらいのはず。

天堂さんはどんな風に過ごしているんだろう……と思いを馳せてしまう。

けれど、彼のことを考えていると顔が見たくなって……。会えないとわかっているからこそ、寂しさに似た感情が芽生えてくる。

（これって、私も天堂さんのことが好きなのかな……。それとも、告白されたから意識してるだけ？　だいたい、天堂さんのことは尊敬してたけど、高嶺の花みたいに思ってたわけで……。それなのに、これで好きになるなんて都合がいいよね……）

心の中で、いったい何度この自問自答を重ねているだろう。

明確な答えにはまったくたどりつけず、ため息ばかりが募っていく。

（それに、あの天堂さんだよ？　元カノはＣＡの道岡さんだって噂があるし、道岡さんと私じゃ月とスッポンじゃない……）

あまり話したこともない道岡さんの顔を思い出し、深く嘆息する。

美人という言葉がぴったりの女性で、顔も所作も立ち居振る舞いも美しい。

切れ長の二重瞼に、高い鼻。艶やかなブラウンヘアに、長い手足。

身長も腰の位置も高く、綺麗にまろみを帯びた外見は女性らしい。

スタイルのよさはもちろん、顔立ちだって美人揃いのＣＡの中で群を抜いている。

天堂さんと彼女が付き合っていたという噂には深く頷けたし、むしろ彼らが別れてしまったことの方が信じられない気持ちにさせられる。

決して、天堂さんの想いや言葉を疑っているわけじゃない。

あの真剣な表情は、嘘や冗談じゃないことを言葉よりも雄弁に語っていた。

なによりも、彼が冗談なんかであんなことを言う人だとは思えない。

天堂さんのことをよく知っているわけじゃなくても、それだけはわかっているつもりだった。

だからといって、彼と付き合う自分自身の姿は想像できないのだけれど……。

「もう……。こんなの、どうすればいいの……」

天堂さんと私が釣り合うとは思えない。

身の程知らずだとすら感じる。

反して、頭と心はどんどん彼のことでいっぱいになって、他のことを考える余裕なんてなかった。

スマホを開いても、新着メッセージはない。

二時間ほど前に天堂さんから届いた数枚の写真には、フランクフルトの街並みが写っている。

どこかメルヘンな雰囲気を感じさせる建築物、美しい大聖堂。

おいしそうなプレッツェルやソーセージ。

晴天を翔ける飛行機。

異国の地にいる彼の瞳に映ったものたちを共有できていることが嬉しい。

天堂さんが見て、感じて、食べたものを、こうして写真に撮って送ってくれたのだと思うだけで、頬が綻んでしまう。

ドキドキして、胸の奥が少しだけ苦しくて。

そして、その中にはほんのわずかな甘さも孕んでいて……。

もしかしたら、この気持ちは――。

＊＊＊

暦は六月に入った。

今年は梅雨入りが少し遅いようだけれど、ここ数日は雨が続いている。

今日も朝から降っていた雨は徐々に強くなり、さきほどから本降りになっていた。

大田区内の居酒屋『四六時中《しろくじちゅう》』の窓にも、いくつもの雨粒が当たっては滑る。

「そんなの恋に決まってるでしょ！」

「いったいなにを迷ってるんですか！」

その一角で、私の目の前に座っている華と愛子ちゃんが大声を上げた。

悩みすぎていた私の異変に気づいた華に捕まったのは、一時間前のこと。

早番だった私は、同じシフトだった華から『飲みに行くよ』と強引に誘われた。

華が【四六時中で飲む】と連絡すると、今日は休みだった愛子ちゃんから一分で返信があり、彼女は数分遅れでここにやってきた。

そんなふたりには今の状況を隠せないと悟り、意を決して自分の身に起こったことを打ち明けたのだ。

それに、話を聞いてほしいという気持ちも少なからずあったから。

「……迷うに決まってるよ」

彼女たちの勢いに気圧されそうになりつつ、グレープフルーツハイを飲む。

和食を中心にメニューが豊富で、安くておいしい。

個人店だけれどそこそこ広く、のんびりできる個室がある。

四六時中は私たち三人の家からも便利な位置にあり、全員のお気に入りだ。

朝から夜遅くまで営業しているため、なにかとここで集まることが多い。

もっとも、私は滅多に飲むことなんてないけれど。

ただ、今はアルコールの力を借りなければ、素直な気持ちを話せそうになかった。

「いやいや、迷う意味がわからないんだけど」

「そうですよ。美羽さん、めちゃくちゃ天堂さんを意識してるじゃないですか。それで自覚がないとか、鈍すぎません？」

お酒が入ると毒舌になる愛子ちゃんは、可愛い顔に似合わない日本酒のグラスを片手に眉を寄せている。

ハイボールのグラスを呷った華は、うんうんと相槌を打った。

「だって、あの天堂さんだよ……？」

「だから、なんですか？」

「コーパイの中でも注目を浴びてすごくモテる上、パイロットとしても一目置かれてる人だよ？　そんな人が私を好きだなんて……」

自分で言っていて恥ずかしくなる。

アルコールのせいではない熱が頬を包み、赤面していくのがわかった。

「そりゃあ、すごい人かもしれないけど……」

「でも、同じ人間ですしね。っていうか、同じ職場の人ですし」

「だいたい、モテようがなんだろうが、美羽に告白したわけでしょ？　だったら本気なんだろうし、素直な気持ちを伝えればよくない？　天堂さんって、手近な女で遊ぼうとか考えるタイプじゃなさそうだし」

「でも、あの天堂さんだよ！　どう考えたって、私には高嶺の花でしょ！」

口々に言うふたりに食い下がると、愛子ちゃんは不思議そうな顔で「そんなに言うほどですか？」と首を傾げた。

「コーパイとしては尊敬されてても、鉄壁鉄仮面ですよ？　仕事上は問題ないとはいえ、スタッフには愛想がないですし、特に女性には冷たいじゃないですか。そういうのって見る人によっては欠点ですし、天堂さんだって普通の人間ですよ」

ちなみに私は苦手です、と彼女がにっこりと笑う。

歯に衣着せぬ物言いに、つい苦笑が漏れた。

ただ、愛子ちゃんの意見には共感できるところもある。

もっとも、私は天堂さんの優しい笑顔を知っているため、彼女のようには思えないけれど……。

「私は、栗原キャプテンみたいに誰に対しても分け隔てなく優しい人の方がタイプなんですよね。仕事ができるイケオジ、最高じゃないですか！」

「今は愛子の好みの話はいいから。まずは美羽の悩みを解決する方が先ね」

愛子ちゃんは「はーい」と肩を竦め、私をじっと見つめた。

「要するに、美羽さんは頭で考えすぎだと思いますよ」

「そうそう。相手は同じ人間なの。高嶺の花だってなんだってプライベートではただの男だろうし、美羽への気持ちは嘘じゃないって思ってるんでしょ？」

「う、うん……。でも、元カノは道岡さんだって噂だし、それを考えるとますます釣り合う気がしないって思っちゃって……」

「過去は過去。そういうことを気にしてたらキリがないよ」

「そうですよ。天堂さんの気持ちを信じればいいんじゃないですか？」

「そもそも、モテるパイロットに美人な元カノがひとりやふたりくらいはいてもおかしくないって。『ずっとひとりでした』ってパターンの方が、逆に不安じゃない？」

「色々勘繰りたくなりますね。変な趣味があるのかとか、女に興味がないのかとか」

「そうかもしれないけど……って、ふたりとも天堂さんに失礼だよ！」

たじろぎながらも眉を寄せれば、華が瞳で優しい弧を描いた。

「とにかく、頭でグダグダ考えないことね。だいたい、美羽はもう充分態度に出てると思うけど」

「そうですよ。美羽さんのそういう顔、今まで見たことないですもん。私、美羽さんって飛行機にしか恋できないのかと思ってました」

冗談めかした愛子ちゃんに、華が「確かにね」と頷きながらケラケラと笑う。

「今一番、天堂さんに対して感じてることを、本人にそのまま素直に伝えちゃえばいいんです。本音を言うと、いくらパイロットでも鉄壁鉄仮面だけは苦手ですけど、美羽さんのことは大好きなので応援します」

「私も応援するよ。まあ、私は天堂さんのことは苦手じゃないけどね」

華はハイボールを飲み干し、梅酒のロックを注文したあとで私に向き直った。

「……で、いつ会うの？　天堂さんと連絡取ってるんでしょ？」

「うん、まあ……」

天堂さんは、フランクフルトから戻ったあとに三日間の休みを挟み、国内線を担当していた。

一方の私は、彼と勤務時間があまり重ならず、顔を見ることすらなかった。

連絡は取り合っている。

けれど、天堂さんからのメッセージを楽しみにしている反面、彼のことを考える時間がますます増え、会えないせいかため息も募った。

「ただ、全然会うタイミングがなくて、まだ約束は……」

「じれったいですね」

「奥手な上に、恋愛より飛行機に夢中だった美羽だしね」

ふたりの呆れたような視線を受け止めつつ、グラスに口をつけて気まずさを隠す。

「次に会ったら、ちゃんと言いなよ」

「また報告会しますからねー」

「……頑張ります」

悪戯な笑顔の華と愛子ちゃんに、小さな声で答える。

そのあとで、相談に乗ってくれたことへのお礼を伝えた。

羽田空港第一ターミナル。

休憩に入ったばかりの私は、社員食堂に向かっていた。

そのさなか、正面から歩いてくる男性を視界に捉え、思わず足が止まった。

相手も私に気づいたようで、わずかに目を丸くしたあとで笑みを浮かべた。

「お疲れ様」

「お疲れ様です」

丁寧に頭を下げると、天堂さんが周囲を気にするようにしつつも「今日って時間ある？」と声を潜めた。

悩んだのは一瞬のこと。

どぎまぎしそうになりながらも小さく頷く。

「あとで連絡する」

雑踏の中で聞こえるか聞こえないかくらいの、囁くような声。

それをきちんと聞き取れたときには、天堂さんはもう歩き出していた。

数日前に抱えた彼に対する決意が、胸の奥から突き上げてくる。

あのときからずっと、心は落ち着かなくて。天堂さんに会えばどんな顔をすればいいのか、ちっともわからなくて。

色々なことが脳裏をグルグルと駆け巡っていた。

ついさきほどまでは……。

ところが、今の私が心の中で一番強く感じているのは、〝喜び〟。

不安でも緊張でもなく、ただただ彼に会えたことが嬉しいと思った。

どこかで残っていたわずかな迷いが、ゆっくりと溶けていく。

不安はゼロじゃない。

天堂さんと私が釣り合っているとは思えない。

それなのに、自分の中の答えは決まっているのがはっきりとわかる。

(ちゃんと言おう……。不安はあるし、上手く言えないかもしれないけど……)

たとえばもし、私が自分の気持ちを上手く伝えられなかったとしても、彼ならじっくり向き合ってくれる。

私の言葉に耳を傾け、私を気遣ってくれる。

根拠はないけれど、あの夜からずっと優しかった天堂さんのことを知っているからこそ、そんな風に感じた。

彼からのメッセージがいつも楽しみだった。

読むたびに嬉しくて、直接話したくなった。

会えないときの寂しさを覚えた。

たった一目でも会えたときの喜びを知った。

だからこそ、伝えたい言葉はたくさんある。

あの日の告白がずっと胸に刻まれたままで、頭も心も天堂さんでいっぱいで。彼の笑顔ばかりが脳裏に浮かび、何度も胸がきゅうっと締めつけられている。

今夜会ったら、きっとこの想いを伝えられずにはいられない気がする。

不安も戸惑いもまだ消えないのに、不思議と迷いだけはなかった。

四、空に舞い上がる心

退勤後、私は空港内のカフェで天堂さんからの連絡を待っていた。

彼はあのあと福岡《ふくおか》空港に飛び、さきほど戻ってきたばかりのはず。

時間が経つにつれて、腕時計を確認する回数が増えていく。

【第一ターミナルのロータリーで待ってて】

ようやく鳴ったスマホの文面を見た瞬間、緊張感が湧き上がってきた。

つい今までは、なぜか心は落ち着き払っていた。

しっかりと覚悟を決めたからか、むしろ天堂さんに一刻も早く会いたいと考え、緊張よりも逸る気持ちでいっぱいだった。

ところが、いざ〝そのとき〟が訪れるとなると、鼓動が忙しない音を立て始める。

それでも、今日彼に伝えたいことは変わらない。

急に渇いたように感じた喉をアイスレモンティーで潤し、急いで指定された場所に向かえば、見覚えのある車が停まっていた。

周囲をサッと確認しながら近づくと、運転席の窓が開く。

「乗って」

いつもドアを開けてくれる天堂さんが車から降りてこなかったのは、きっと人目につくことを避けるためだろう。

それが私への配慮だということもわかっていた。

「待たせてごめん。ちょっと後輩の指導に当たってたら遅くなってしまった」

「平気です。明日は休みですし、特に予定もありませんでしたから」

「ありがとう。俺も明日はオフなんだ。どこかでゆっくり食事しないか」

願ってもない誘いに、すぐさま「はい」と頷く。

頬が緩んだことに気づいて慌てて気を引き締める私を余所に、ハンドルを握る彼は真っ直ぐ前を向いていた。

「そういえば、天堂さんっていつも車通勤なんですか？」

「シフトによるよ。国内線のときはだいたい車だけど、国際線のときは数日は向こうにいるから電車かタクシーを使うことが多い。長時間のフライトはどうしても疲労が溜まるから、運転して事故を起こすようなことがあってもいけないしね」

確かに、と相槌を打ってしまう。

国際線のフライトの場合、パイロットは現地で中二日から三日ほどのオフを挟み、それから帰国する。

しっかりと休みがあるとはいえ、近隣の国以外は長時間のフライトになるし、そんな状態で車を運転するのはあまりよくないだろう。

「車通勤の方が便利な面もあるが、幸いうちから羽田までは交通の利便性がいいし、特に不便もないよ」

天堂さんの家の最寄り駅は、京急蒲田だと言っていた。

電車が走っている時間帯なら、羽田空港へはそう時間もかからない。

「それに、パイロットにとって、健康管理やリスク回避は仕事の一環だからね」

けれど、彼にとって一番重要なのは、仕事に支障を来さないことに違いない。

真剣な横顔からは、仕事への意識の高さと誠実さが伝わってきた。


天堂さんが連れてきてくれたスペインバルは、広い店内の端にバーカウンターがあり、メニューが豊富だった。

ドリンクを注文すると、カウンターで作ってくれるのだとか。

私はトロピカルフルーツのモクテルを、彼はペリエを頼み、料理も選んだ。

お客さんは少ないけれど、程よく賑わっている。

周囲を気にせずに話せそうだと思い、少しだけホッとした。

スペイン風オムレツのトルティージャ・エスパニョーラ、代表的な生ハムのハモン・イベリコ、アヒージョにパエリア。

どれもとてもおいしくて、スペイン料理にハマってしまいそうだった。

「私、スペイン料理をちゃんとしたお店で食べるのって初めてです。全部すごくおいしくて、今まで食べたものよりも本格的でびっくりしました」

これまでにアヒージョやパエリアくらいは何度も食べたことがあるけれど、きちんとしたスペイン料理店に行ったことはなかった。

どちらもおいしいものだという認識はあったものの、その感覚よりも遥かに上をいく味に驚きと感動を隠せず、豊富なメニューのすべてを食べてみたくなった。

「そんなに気に入ってもらえてよかったよ」

「このお店にもよく来られるんですか？」

「実は、この店は栗原キャプテンにおすすめしてもらって、俺も初めて来たんだ」

天堂さんは「奥さんと娘さんのお気に入りらしい」と笑い、パエリアを口に運んで頬を綻ばせた。

「確かにおいしいし、現地で食べたスペイン料理と遜色ない気がするよ」

満足げな彼を前に、心がくすぐったくなっていく。

(天堂さんも初めて来るお店だったんだ……)

単純かもしれない。

こんなことで喜ぶなんて子どもっぽいかもしれない。

そう感じたのは束の間のことで、天堂さんと〝初めて〟を共有できた嬉しさが膨らみ、自然と笑顔になった。

「……やっぱりいいな」

「え?」

しみじみと呟いた彼は、瞳をたわませている。

私は、その言葉の意味がわからなくて、小首を傾げた。

「直接顔を見て話せる方がいいな、と思って。メッセージのやり取りなんかももちろん嬉しかったけど、君と一緒に過ごせる今が一番嬉しいんだ」

優しい声音が、いたずらに鼓膜を撫でる。

「会えてよかった。正直に言うと、春川さんと会えない日々は寂しかったから」

それはきっと、天堂さんの素直な気持ち。

仕事ができて、女性や後輩たちの憧れで、いつも冷静沈着な人。

そんな彼が、私と会えなかった日々を寂しい……と言ってくれて。柔和な表情を向けられて……。

この状況でドキドキしないなんて無理に決まっている。

「私も……寂しかったです……」

だから、考えるよりも先に本音が零れ落ちていた。

ほんの一瞬、端正な顔が意表を突かれたようなものに変わる。

「……俺に会えなくて寂しかったんだ？」

けれど直後には、天堂さんの双眸が真剣さを帯びた。

「はい……」

「会えない間、前よりも俺のことを考えてくれた？」

「っ……。それは……」

頬杖をついた彼の目が、スッと眇められる。

艶麗にも見える微笑に視線が捕らわれて、鼓動がますます速くなっていく。

ためらって、たじろいで。

開こうとした唇が閉じてしまうのを数回繰り返し、ようやくして心が決まった。

「前よりなんて……当たり前です。あんな風に告白してくださったまま、なかなか会えなくなって……あの日からずっと、天堂さんのことばかり考えてました……」

震えそうな声が、他のお客さんたちの話し声に紛れて消える。

それでも、天堂さんの耳にはちゃんと届いたようだった。

「あんな状況で、天堂さんのことを考えないなんて無理です……。天堂さんからのメッセージが嬉しくて、でも読むと顔が見たくなって……天堂さんの笑顔を想像して、すごく会いたくなりました……」

考えていたセリフが上手く出てこない。

あらかじめ用意していた言葉よりも、今感じていることばかりが零れていく。

彼はどこか複雑そうに眉を下げ、困り顔で微笑んだ。

(私、天堂さんを困らせてるのかな……)

男性にこんな風に気持ちを伝えるのなんて初めて。

恋人がいたことはなく、告白だってしたことがない。

いつかしたはずの初恋は、もう思い出せないほどずっとずっと昔のこと。

愛子ちゃんの言う通り、私は飛行機にばかり恋をしていたのかもしれない。

「天堂さんが私を好きだと言ってくださっても、自分の気持ちがよくわかりませんでした……。でも、ようやくわかったんです……」

けれど、今の私は違う。

「メッセージを読むと会いたくなるのも、笑顔ばかり想像してしまうのも、今日会えてすごく嬉しかったのも……」

自分の気持ちがよくわからなかったのが嘘のように、今はもうその輪郭がくっきりとしている。

「天堂さんのことが好きだからだって」

恋をしている——と、ようやく胸を張って言える。

「こんなこと言って、天堂さんを困らせてるのかもしれないですけど……これが今の私の素直な気持ちなんです」

私は、飛行機以上に心が惹かれる男性に出会ってしまったのだ。

ただ、一言も発さない天堂さんの本心が読めなくて、不安が芽生えてくる。

無意識のうちに握っていたこぶしが、緊張のせいか小さく震えていた。

「どうして俺が困るんだ」

不思議そうな顔を向けられたのは、それから数秒後。

彼は、本当に理由がわからないと言わんばかりに眉を小さく寄せた。

「俺は、春川さんのことが好きだと伝えたよな。遊びや冗談じゃないし、会えなくて寂しかったのも、春川さんと会えて嬉しいのも本心だ」

低く真剣な声が、私の鼓膜を通して心に落ちていく。

「今だって、君の気持ちを聞いて嬉しくてたまらないくらいだよ。それなのに、どうしてそんな風に思ったんだ？」

「それは……えっと、天堂さんの顔が困ってるように見えたので……」

正直に告げると、天堂さんが目を見開いたあとで気まずそうに顔を背けた。

「あー……それはあれだ……」

心なしか、彼の耳が赤らんでいる気がする。

「自分の想いを一生懸命伝えてくれる春川さんの顔が可愛くて、油断すれば締まりのない顔になりそうだったから……」

頬が緩みそうになるのをこらえてたんだ、と呟かれる。

理由がわかった瞬間、頬がボッと熱くなった。

俯く私と、大きな手で自分の顔を隠すようにする天堂さんの間に、沈黙が下りる。

恥ずかしくて、ドキドキしすぎて苦しくて、彼の顔を見られなかった。

「春川さん」

そんな私の名前が優しい声で紡がれ、肩が小さく跳ねる。

「は、はい……」

掠れそうな声で答えながら、おずおずと顔を上げる。

刹那、真摯な瞳に捕まった。

「俺の恋人になって。君の心を独占する権利が欲しいんだ」

胸の奥が痛いくらいに戦慄いて、喜びと甘さに包まれる。

やっぱり信じられなくて、それでも嬉しくて。夢の中にいるような感覚に陥りながらも、はっきりと首を縦に振った。

「私でよければ……よろしくお願いします……」

喜び、羞恥、わずかな驚きとまだ信じられない気持ち。

色々な感情に振り回されて、ぎこちない笑顔しか作れない。

「ありがとう。君を大切にすると約束するよ。仕事上、どうしても会えないことも多いけど、春川さんが不安にならないようにするから」

けれど、彼があまりにも嬉しそうに笑うから、私までつられてしまった。

「はい。私も……天堂さんのことを大切にしたいです」

「うん、ありがとう。それと、寂しいときや甘えたいときは遠慮なく言って」

「え？」

「すぐに会えなくても、会えるときに全力で甘やかせるから」

「っ……！」

ふっと緩められた瞳に、鼓動が高鳴る。

すでに胸がいっぱいの私は、ドキドキしすぎて上手く返事ができなかった。

その後は、いつも通り天堂さんが送ってくれた。

「えっと、じゃあ……。送ってくださってありがとうございました」

軽く頭を下げた私の左手が、パッと掴まれる。

突然のことに驚くと、彼はどこか寂しそうに微笑んだ。

「帰したくないな……」

「え……っ、あの……」

（お茶でもどうぞって言うべき……？　でも、さっき付き合ったばかりで……）

戸惑いが顔に出たらしく、天堂さんが苦笑する。

「そんな顔しなくていいよ。いきなり家に上がり込もうなんて考えてないから」

見透かされていることが恥ずかしくて、それでいてホッとする気持ちもあった。

「明日はオフだって言ってたよね。会えないかな？」

「あ、はい……。あ、でも、天堂さんは大丈夫ですか？　お疲れなんじゃ……」

「それは大丈夫だ。春川さんと会えるなら、癒し効果で疲れも取れそうだしね」

私に癒し効果があるのかは甚だ疑問だけれど、明日も彼と会えることに胸が弾む。

「そういう顔されると、このまま君を連れ去りたくなるんだけど」

困り顔になった天堂さんに首を傾げた直後、伸びてきた左手に頬を撫でられて。

「……っ⁉」

次いで彼の顔が近づき、右頬に唇が触れた。

驚きのあまり目を大きく見開いた私を余所に、天堂さんが唇の端を吊り上げた。

「今夜はこれだけで我慢しておくよ」

柔らかな感触を知った頬も、骨ばった右手に包まれたままの左手も、燃えるように熱い。

全身に熱が回るまでは、あっという間のことだった。

「明日の朝、十一時に迎えに来る」

天堂さんの声が耳をすり抜けていく。

なんとか車から降りて家の中に入ったあと、私は体中に回った熱を持て余して玄関先でぺたんと座り込んだ。

（やっぱり夢……？）

まだ彼の唇の感覚が残っている頬をつねると、わずかな痛みが走る。

(夢じゃないんだ……)

叫び出しそうなほど嬉しくて、頬へのキスが脳裏にこびりついていて。頭がクラクラして、平常心なんて取り戻せない。

興奮に包まれた心は空に舞い上がりそうで、今夜は眠れる気がしなかった──。


京急蒲田駅から程近い、二十階建ての高級マンション。

その最上階に、天堂さんが借りている部屋があった
ウォークインクローゼット付きの2LDK。

玄関も廊下も広く、リビングだけで私の部屋がすっぽり収まりそうだった。

リビングに通された私は、つい室内をくるりと見回してしまう。

黒やグレーといったシンプルな色合いの家具の中で目を引くのは、ガラス張りの棚に並ぶ数種類の飛行機の模型や青空の写真。

模型はどれも精緻な造りであることがわかり、写真には飛行機が写っている。

テレビ台の隣にある書棚は、航空関係の書籍で埋まっていた。

「ソファに座ってて。コーヒーでいい?」

「あ、はい……。ありがとうございます」

カーテンを開けた彼は、キッチンでコーヒーの準備をしてくれている。

ペニンシュラタイプのキッチンはここからも様子がよくわかり、手際よくコーヒーを淹れてくれる姿をぼんやりと眺めていた。

(どうしてこうなったんだっけ……)

あまり眠れないまま迎えた、今日。

天堂さんは約束通り十一時に迎えに来てくれ、品川《しながわ》区のホテル内にあるレストランでランチを楽しんだあと、近くにある水族館に向かった。

水槽の中でゆったりと泳ぐ魚たちを鑑賞したのが、一時間ほど前までのこと。

水族館を出て、『お茶でもしようか』と誘ってもらったはずだった。

ところが、カフェに行くことを想像した私の予想に反し、『おいしいコーヒーを淹れてあげる』と口にした彼の家にお邪魔する流れになっていたのだ。

あの瞬間から緊張感に包まれた私には、今の段階で天堂さんの家にお邪魔するなんてハードルが高すぎると思ったのに……。彼から柔らかい笑顔で『うちでゆっくり話そう』と言われて、ついうっかり頷いてしまっていた。

「どうぞ」

「ありがとうございます」

ソファに座らせてもらっていた私の隣に、天堂さんが腰掛ける。

彼との距離とレザーソファから伝わった振動が、私の鼓動を高鳴らせた。

「あの……手土産もなく、突然お邪魔してしまってすみません……」

「うちに誘ったのは俺だし、恋人なんだから手土産なんていらないよ」

恐縮する私に、天堂さんがおかしそうに笑う。

「それに、これからはいつだって来てくれていいし、むしろ来てほしい。今はまだ緊張もあるだろうけど、付き合ってるんだから遠慮はしないで」

そう言われても、キャパオーバーの私には振る舞い方すらもわからない。

微笑んでいる彼を前に、曖昧に頷くことしかできなかった。

天堂さんと会ってからすでに六時間以上が経っているというのに、朝からずっと緊張が取れない。

一緒に過ごせて嬉しいし、ランチはおいしかったし、水族館では楽しく過ごせた。けれど、ずっとドキドキして……。水族館で当たり前のように手を繋がれたときなんて、心臓が止まるかと思ったほど。

そんな状態だった私が、彼の部屋で緊張せずにいられるはずがない。

密室で、天堂さんとふたりきり。

今の私にはパワーワードすぎて、鼓動はどんどんうるさくなっていく。

隣にいる彼の呼吸音にすら、敏感になっていた。

「ああ、やっぱり降ってきたな」

不意に、天堂さんが私の向こう側に視線を遣った。

彼の声につられるようにして、私も振り返る。

バルコニーの先に見える空はどんよりとした色を広げ、雨が降っていた。

「本当ですね。さっきまでいいお天気だったのに」

「いや、降りそうな空模様だったよ」

最初から確信していたような口ぶりに、パイロットという職業柄なのかもしれないな、と考える。

「やっぱり、オフの日でも天気が気になったりす――っ！」

パッと振り向いた瞬間、続けるつもりだった言葉を呑み込んでしまう。

ふたりともバルコニーの方を見ていたせいか、天堂さんの顔が思ったよりもすぐ近くにあって、全身を強張らせてしまった。

彼はクスッと笑い、目を眇めた。

「そんなに緊張しなくても、取って食いはしないよ」

優しい声音とは裏腹の、どこか悪戯な笑顔。

安心できるどころか、拍動はさらに速くなる。

このままだと心臓が止まるんじゃないか……と思うくらいドキドキドキドキと脈打ち、心音が頭の中にまで響くようだった。

頬に帯びた熱が、体をも熱くする。

恥ずかしくて、胸の奥が苦しくて……。どんな顔で天堂さんのことを見ればいいのかわからなくて、思わず俯いてしまった。

すると、彼が私の顔を覗き込んできた。

「恥ずかしがる姿も可愛いけど、顔を見せてほしいな」

甘い囁きが鼓膜を撫でる。

天堂さんの態度は、普段の彼からは想像もできないものばかり。

これまでだってそう思うことはあったけれど、それよりもずっと甘ったるくなった言動に心が振り回されてしまう。

「っ……。わ、私……初心者なので……」

ご容赦ください……という呟きが、広いリビングに情けなく落ちる。

私の顔を覗き込んだままだった天堂さんは、一瞬だけきょとんとして。次の瞬間、ふっと小さく噴き出した。

ククッと喉で笑いを噛み殺し、肩をわずかに揺らす。

「『ご容赦ください』なんて言われるとは思わなかったな」

楽しげに笑う彼の姿はどこか少年のようでもあって、胸の奥がキュンと震えた。

羞恥や緊張はまだあるのに、可愛く見える天堂さんにつられて頬が綻んでいく。

気づけば、私からも笑みが零れていた。

「わかった。どこまで対応できるかはわからないけど、善処するよ」

小さく頷いた彼が、優しい眼差しを向けてくる。

「あの……できれば、初心者への対応でお願いします……」

自分で言いながらおかしくなってきて、ふっと表情が崩れた。

「……初心者用の対応を望むなら、あんまり可愛い顔をしないで。我慢できなくなるから」

「え？」

視界が天堂さんの顔で覆われたのは、その一秒後。

次の瞬間には顎を掬い上げられ、唇に温かいものが触れていた。

少しして離れた彼の瞳は緩められ、どこか満足げにも見えた。

「美羽があまりにも可愛いから、善処できなかったな」

キスされたのだと理解できたのは、名前を呼ばれたとき。

初めて名前で呼ばれて、キスをされて、悪戯な笑顔を向けられて。

そのすべてを処理し切れずに、目を見開いたまま動けなくなってしまう。

唇に感じたばかりの体温は、まるで私の心を捕らえるかのように甘く優しく、いつまで経っても残っていた――。

第三章　Clear Air Turbulence

一、甘く優しく

夏の日差しが眩しい、七月。

今日も茹だるような暑さに見舞われる中、私の頭を悩ませる出来事がひとつ。

（どうしよ……。やっぱりそういうこと……だよね？）

仕事を終えて更衣室に向かう途中、天堂さんと鉢合わせたところまではよかった。

前から歩いてくる彼に気づいた瞬間、嬉しくて頬が緩んだ。

『次の休みに泊まりにおいで』

直後、天堂さんはすれ違う一瞬の隙に、私の耳元にそんな囁きを残したのだ。

動揺のあまり上げそうだった声は咄嗟に呑み込んだけれど、低い声音と耳朶に触れた吐息に顔が真っ赤になった。

そんな私を余所に微かに笑った彼は、私が振り返ったときにはもう平素の様子で、すぐに背中を向けて歩き出していた。

天堂さんと付き合って一か月半。

まだ緊張はするけれど、彼といると楽しくて、とても幸せだと思う。

一方で、〝恋人〟の天堂さんは、仕事中の彼からは想像できないほどに甘くて優しくて、一緒に過ごすたびにどぎまぎさせられる。

振り回されてばかりの心は、すっかり天堂さんに夢中になっていた。

「お疲れー」

唐突に背後から肩を叩かれて、全身が大きく跳ねた。

後ろに立っていた華が、私の反応にびっくりしたのか目を丸くする。

「あ、ごめん……。ちょっと考え事してて……」

「彼のこと？」

即座に当てられて視線を泳がせてしまい、「わかりやすいなー」と笑われた。

「で、なに悩んでるの？」

華と愛子ちゃんには、天堂さんと付き合って早々に報告していた。

ただ、他の人には一切話していないし、彼女たちにも口止めしている。

もっとも、ふたりは言い触らしたりはしないだろうけれど。

それもあって、華は周囲を気にしながら話してくれていた。

「お……」

言葉に詰まった私に、彼女が眉を小さく寄せて「お？」と小首を傾げる。

私は周りを軽く確認したあと、華の耳元に顔を近づけた。

「お泊まりしにおいで、って……」

彼女の瞳が悪戯な弧を描き、口元がにんまりと緩められる。

「ああ、なるほどね。それで、どうしようって？」

耳まで熱くなるのを感じながらコクコクと頷く。

「行けばいいでしょ。家まで行けば、あとはあっちがおいしく食べてくれるって」

「ちょっ……！」

あけすけな言い方にギョッとすると、華が呆れたように苦笑する。

「ちなみに、下着はいつもみたいな可愛いだけのやつじゃなくて、もうちょっと勝負感のあるやつね。買い物、付き合おうか？　これからでいいなら時間あるけど」

早番の私たちは、もう帰るところ。

一瞬だけ頼りたくなったけれど、羞恥心が勝って首をブンブンと横に振った。

「なーんだ、つまんない。すっごくセクシーなやつを勧めようと思ったのに」

冗談めかした口調にも、今は突っ込む余裕がない。

「なんの話ですか？」

そこへ愛子ちゃんがやってきた。

三人とも今日は同じシフトだったけれど、担当場所が違ったため、朝に顔を合わせたきりだった。

「いよいよお泊まりだって」

止めようとした私を置き去りにして、愛子ちゃんにも状況が伝わってしまう。

「やだ！　一大事じゃないですか！」

彼女は興奮した様子で、「勝負下着を用意した方がいいですよ」と耳打ちしてきた。

華とまったく同じアドバイスをされて、苦笑することしかできない。

「三人で買いに行きます？」

「それはもう断られた」

「えー、残念……。美羽さんの下着、一緒に選びたかったです」

「だよねー。すっごくセクシーなやつ」

「あの鉄壁鉄仮面がびっくりするくらいのものとか？」

「いいねー、それ。見物だわ」

「ちょっと、ふたりとも……！　変な想像しないでよ……」

「ごめんごめん。でも、気が変わったらいつでも言って。愛子とふたりで、彼を悩殺できる下着を見繕ってあげるから」

「いつでも大歓迎ですよー」

そんな恥ずかしいことは丁重にお断りしたい。

気持ちはありがたいけれど、ふたりに見られながら天堂さんのために下着を選ぶなんて……。私だけいたたまれなくなるのは目に見えていた。

「報告、楽しみにしてるから」

「し、しないからね……！」

ニマニマと笑う華に言い、彼女たちから逃げるようにそそくさと制服を脱ぐ。

今日はなんだか下着を見られたくなくて、コソコソと着替えを済ませた。

＊＊＊

天堂さんの家に行くことになったのは、それから四日後のことだった。

夜勤明けだった私は、一度帰宅して仮眠を取り、仕事帰りに迎えに来てくれた彼とスーパーに立ち寄った。

まだ時間が早いから、ふたりで夕食を作ろうということになったのだ。

今日は国内線の担当だった天堂さんは、明日は午後からスタンバイらしい。

彼からは『ゆっくり過ごせるよ』と言われている。

「嫌いなものとかありますか？」

「ないよ。だいたいなんでも食べられる」

「じゃあ、和食と洋食ならどっちがいいですか？」

「家で食べるなら和食がいいな。海外にいると洋食続きになるし、日本にいるときはできるだけ和食を摂るようにしてるんだ」

パイロットは、ライセンス取得後も定期的に厳しい検査を受けなくてはいけない。

以前に聞いた通り、健康管理は仕事の一環だと言える。

適度な運動はもちろん、食生活や睡眠は特に重要で、きっと体調管理には気を遣っているに違いない。

色々と相談しながらカゴの中に食材を入れていく。

調味料はある程度は揃っているらしく、買ったのは魚や野菜ばかりだった。

こうしてふたりで買い物をしていると、まるで新婚のような気分になる。

そんな妄想をしてしまう自分自身に呆れつつも、楽しくて仕方がなかった。

天堂さんの家に着くと、仲良くキッチンに並んだ。

自炊をしているだけあって、彼の手際はとてもいい。

緊張のせいか、私の方がもたつきがちだった。

「天堂さんって、なんでもできるんですね」

「そんなことないけど」

「それこそ、そんなことないと思います。天堂さんの方が料理上手な気がしますし」

「俺、いつも味付けは適当だよ。塩分を摂りすぎないように気をつけるくらい」

天堂さんは苦笑しつつも、あっという間に人参の千切りを終え、包丁で蓮根の皮も剥いてしまう。

その手つきを見ていると、器用なのがよくわかった。

「それに、俺は美羽の味が知りたいんだ」

柔らかい笑みを前に、なんだか深読みしてしまう。

私の〝料理の〟味が知りたいと言われているだけ。

それなのに、脳裏に過ったのは今夜のこと。

(……ッ！　なに考えてるの……っ！)

意識するな、という方が難しい。

嫌でも、このあとのことばかり想像してしまう。

けれど、今は目の前のことに集中しなければ料理の完成が遠のいていきそうで、なんとか心を落ち着かせた。

旬のスズキの塩焼き、蓮根と人参のきんぴら、ほうれん草の胡麻和え、きゅうりの酢の物、そしてトマトたっぷりのサラダと豆腐のお味噌汁。

ふたりで分担して完成させたメニューは、心配を余所においしくできた。

天堂さんはとても喜んでくれ、「おいしい」と繰り返し口にしていた。

そんな穏やかなひとときのあとには、緊張の時間が待ち受けていたのだけれど。

(どうしよう……。口から心臓が飛び出しそう……)

比喩表現だと思っていたのに、さきほどからずっと緊張しすぎて心臓がうるさい。

本当に飛び出すんじゃないかと勘違いするほど、バクバクと鳴っていた。

先にお風呂を借りた私と交代で、今は彼がバスルームにいる。

どこでどんな風に待てばいいのかわからなくて、リビングをさまよってはソファに戻り、また立ち上がる。

天堂さんとは付き合ってからも何度か会っているけれど、彼の家に来るのはまだ二度目。

初めてのお泊まりというのもあって、平常心でいる方が無理な話だ。

このままでは心も身体も持ちそうになくて、緊張を忘れるためにスマホを取った。

【頑張れ！　緊張しすぎないようにね】

【リラックスですよ！　あと、勝負下着をつけ忘れちゃダメですからねー】

ところが、華と愛子ちゃんとのメッセージグループの通知を見た瞬間、緊張がピークに達してしまった。


バルコニーの向こう側に見える空には、蜂蜜色の月が輝いていた。

地上よりも空に近いからか、わずかな星たちが微かに瞬いているのも見える。

「なにか見える？」

不意に飛んできた声に、肩がピクリと跳ねる。

ぼんやりと外を見ていたせいで、天堂さんがバスルームから戻ってきたことに気づいていなかった。

「月と、星が少しだけ……。ここは空に近いので、星が瞬いてるのもわかりますね」

「そう？　家で星なんてあんまりじっくり見ないから気にしてなかったな」

隣に並んだ彼が、全面がガラスになった窓越しに外を覗く。

「ああ、確かに。下にいるときよりはわかるな」

ふと視線を感じて右側を向くと、天堂さんがこちらをじっと見ていた。

「あの……」

「ああ、ごめん。ルームウェア姿が新鮮だなと思って」

微笑まれて、思わず彼から視線を逸らしてしまう。

頬がかあっと熱くなった。

「可愛いよ」

天堂さんの瞳が弧を描く。

柔和な笑みを前に、ドキドキするばかり。

今からこんな状態だと、このあとどうなるのか想像もつかなかった。

「おいで。こっちでゆっくり話そう」

手を引かれてソファに誘われ、彼が先に腰掛ける。

ところが、肘置きを背にして横向きに座ったから、私はたじろいでしまった。

けれど次の瞬間、私の手を掴んだままの天堂さんの方へ体が傾いた。

「えっ……？」

最初はなにがどうなったのかよくわからなかった。

状況が把握できたときには、私の体は彼の胸の中にすっぽりと収まっていた。

「あ、の……ッ」

背中に感じるのは、天堂さんの硬い胸板の感触と体温。

「ん？」

頭頂部にくちづけられ、髪に彼の吐息も触れる。

「えっと、この体勢は……？」

「美羽が緊張してるみたいだから、ちょっとリラックスしてもらおうかと思って」

（余計に緊張します……！）

心の中で叫んでも、当然ながら背後にいる天堂さんは動じる様子はない。

広いソファの上で、ゆったりと伸ばされた長い足。

その間に座らされている私は、リラックスするどころか体が強張ってしまう。

「わ、私……っ、すごく重いので……！」

ようやく逃げようとしたのに、彼の腕が私を捕まえにくる。

「こら、逃げないで」

後ろから抱きすくめるがごとく前に回った手が、私の体を包み込んでしまった。

「で、でも……」

「全然重くないし、むしろ軽いくらいだよ。ちゃんと食べてる？」

「そ、それはもう……！　毎日モリモリ食べてます！」

なぜかそんな返答をした私は、自分の答えと今の状況のせいで羞恥が大きくなる。

せめて少しでも体重をかけないようにしようと身じろいでみると、天堂さんの腕にいっそう力がこもった。

「逃がさないって。力で敵うわけがないんだから、大人しく抱きしめられなさい」

不服そうでいて楽しげな声音が、私の鼓膜をくすぐる。

逃げられないことを悟って諦めると、彼はクスッと笑った。

「今はまだなにもしないから、安心していいよ」

言葉に反して、天堂さんの唇は私の頭に触れている。

頭頂部、こめかみ、後頭部。

ひとつひとつを愛でるように、キスが落とされていく。

「なにもしないんじゃ……」

「ちょっと唇で触れてるだけだよ」

ごく普通に返されてしまったものだから、納得しそうになる。

それがおかしいと気づけないほど、私は緊張でいっぱいだったのだ。

「シャンプーの匂いがする。こういうの、いいな」

嬉しそうな彼からも、爽やかな香りが漂ってくる。

シャンプーとボディーソープが混ざった匂いに包まれて、脳がクラクラと揺れるようだった。

「……天堂さんって、こういうことする人だと思ってませんでした」

「俺も」

「え？」

「美羽と付き合うまで、自分が恋人に対してこんなに甘い雰囲気を出すとは思ってなかったよ」

それは、ただのリップサービスだったのかもしれない。

天堂さんがそう言っているだけで、本当は恋人には甘い態度を取る人なのかもしれない。

そんな思考とは裏腹に、心には喜びが突き上げてくる。

ただ、恥ずかしさをごまかしたかったのに、余計に羞恥が大きくなった。

「自分からくっつきたいなんて思うこともなかったんだけどな」

こんな風に、と囁いた彼の腕がギュッと私を抱きしめ、耳朶に唇が落とされる。

「美羽といるとずっとくっついていたくなるんだけど、どうしてくれるんだ」

そんなことを私に言われても困る。

どうしてくれるんだ、と問いたいのは、むしろ私の方だった。

恋愛に初心者マークがあるなら十枚は貼りつけているだろう私には、この状況への対応力なんてあるはずがない。

「今でも離れたくないのに、明日出勤するのが嫌になりそうで困るよ」

私の髪を耳にかけ、無防備になった耳殻に唇を寄せながら囁いてくる。

恋愛上級者の雰囲気を醸し出す天堂さんの低い声音に、胸がきゅうっと震える。

私の思考を溶かすには充分すぎる彼の態度に、鼓動は大きく速くなっていく。

(こういうときって、どうするのが正解なの……)

恥ずかしさといたたまれなさで、体が微かに震えている。

きっと、緊張したり動揺したりしているのは私だけで、天堂さんは顔色ひとつ変えていないに違いない。

振り向く勇気はなかったけれど、そうだとしか思えなかった。

「美羽?」

「……ッ、はい……」

顔が沸騰しそうなほどに熱くて、彼に名前を呼ばれただけで眩暈がする。

「顔、見せて？」

「今はちょっと……」

「大丈夫。俺しか見てないから」

たじろぐ私を、天堂さんが優しく誘おうとする。

あなたに見られるのが一番恥ずかしいんです……とは言えなくて、少しだけ悩んだ末にゆっくりと振り返った。

刹那、彼の真っ直ぐな瞳と目が合った。

頬に添えられた手が、私の顔を上に向かせる。

吐息が触れそうな距離にいる天堂さんの眼差しは、わずかな優しさを覗かせながらも真剣だった。

戸惑いを隠せずにいると、そっと唇を塞がれてしまった。

労わるような優しいくちづけに、胸の奥が甘やかな音を立てる。

再び唇が触れ合うと、もう逃げる術はないのだと悟らされた。

重なるだけだった唇が啄まれる。

悪戯に、それでいて優しく。けれど、ふとした瞬間にわずかに強く。

私の唇を弄ぶような仕草なのに、やわやわと食まれると心地好くなっていく。

触れるだけのキスよりも先に進んだのは初めてだった。

前に一度、天堂さんの家に来てからは、彼とのデートは仕事の合間を縫って食事に行くくらいの時間しかなくて、ゆっくり会えたのはあの日以来だったから。

デートの別れ際に与えられるキスはいつも優しく触れるだけで、それよりも深くなることはなかった。

だから、なにをどうすればいいのかなんてわからない。

戯れのようなキスに思考が鈍り、今でもいっぱいいっぱいだったのに……。

「……ッ、ん……」

酸素を求めて開いた唇の隙間から舌が入ってくると、甘えたような声が漏れた。

自分のものではない熱が、私を暴こうとする。

わずかな強引さで口内をゆっくりと探られ始め、くすぐったさと知らない感覚に襲われる。

背筋がゾクッと震えて、息が苦しくなっていった。

舌先が口腔を撫で、歯列をたどり、顎の裏を舐められる。

頭がおかしくなりそうなほどの熱が押し寄せて、上昇する体温と乱れる息のせいで酸素が足りない。

苦しくてたまらないのに、不思議と天堂さんを止めようとは思わなくて。

「ふ、っ……」

鼻から抜けるような吐息を幾度となく漏らし、気がつけば彼を受け入れることに必死になっていた。

キスはどんどん深くなり、とうとう舌を捕らえられてしまう。

くちづけはさらに甘く深く、天堂さんが私を堪能している。

さきほどよりも強引に、吐息すらも奪うように。

絡み合った舌の感触を楽しむような行為の中に、ほんの少しだけ優しさを残して。

そのまま極めつけに舌を吸い上げられると、体の芯からじんじんと痺れた。

ようやくして唇が解放され、私は新鮮な空気を欲して肩で息をする。

すると、彼の骨ばった手が、熱を帯びた私の頬をふわりと撫でた。

「……美羽の顔、真っ赤」

ふっと微笑む様が艶麗で、その色香にドキリとさせられる。

私を見つめる天堂さんの双眸は、どんな言葉よりも雄弁な熱を孕んでいた。

「もっと見せて。美羽の全部が見たい」

その蠱惑的な懇願を、どうすれば拒否できたのだろう。

好きな人の声で甘ったるく紡がれた誘惑は、私の心を簡単に懐柔してしまう。

小さく頷けば、天堂さんが背後から抜け出して立ち上がり、私を抱き上げた。

「やだっ……！　私、自分で歩けます……！」

お姫様抱っこをする彼に反射的にしがみつきながらも、「下ろして……」と請う。

「ダメ。今日は美羽を甘やかすって決めてるんだ」

勝手に天堂さんの中で出来上がっていたルールに、私はただ大人しくすることしかできなくて。せめてもの抵抗で、咄嗟に彼の首に回した手を解く。

「そのましがみついててよかったのに」

残念そうな声が降ってきたとき、開いたままだった寝室のドアを抜け、クイーンサイズのベッドに下ろされた。

覆い被さってきた天堂さんが、私の額にくちづける。

労わるように、慈しむように。

大切にされていることが伝わってくる、優しいキスだった。

「美羽、好きだよ」

「私も……すき、です……」

「うん。でも、もっと好きになって」

たわんだ瞳が、私を愛おしそうに見つめている。

嬉しそうな彼の表情が、私の心を捕らえて離さない。

胸の奥が苦しいくらいに締めつけられて、恋情がいっそう膨らんだ。

程なくして再び唇が重なり、そっと頭を撫でられて。その手はいつしか首筋に下がり、私の体をゆっくりとたどっていく。

それを追うように、唇が首筋に触れた。

壊れ物を扱うように肌を撫でる唇も、体を愛でる手も、布越しでも熱かった。

けれど、不思議と不安や恐怖心はない。

そのせいか、パステルイエローのパイル地のルームウェアの中に骨ばった手が入ってきても、思っていたほど動じることはなかった。

鍛えられた男性らしい体躯にも、汗で湿った肌にも、脳がクラクラと揺れる。

心も視線も捕らわれて、想いが溢れて仕方がなかった。

誰にも触れられたことがない体を許すのも、すべてをさらけ出すのもドキドキするけれど、触れ合う素肌が心地好くて幸せに包まれる。

抱きしめてくれる腕の力強さに、天堂さんがくれる甘い感覚。

「美羽、好きだ……」

唇と指先が私の全身を何度も愛おしみ、絶え間なく愛を唱えてくれる。

彼から愛されているという実感が湧き上がり、言いようのない喜びと幸福感の中で心が揺蕩っていた——。


翌朝、目を覚ますと、天堂さんは私の額にくちづけた。

「おはよう」

「ッ……おはよう、ございます……」

くすぐったくて穏やかな朝に、羞恥と幸せに包まれた胸がドキドキする。

「美羽。そろそろ敬語はやめて、名前で呼んでよ」

「えっと……」

「ほら、呼んでみて」

甘い笑顔が、戸惑う私を誘惑する。

「はると、さん……？」

恥ずかしさを抱えながらも呼んでみると、彼が幸せそうに破顔した。

眩しいくらいの笑顔に、胸の奥がキュンキュンと戦慄く。

ほんの三か月ほど前までは、恋人どころか恋愛にも無縁だった。

それなのに、今は素敵な恋人にとても大切にしてもらっている。

嬉しいのに、本当にこんなにも幸せでいいのか……なんて考えてしまった。

「美羽。朝食はフレンチトーストとかどう？」

「あ、いいですね。フレンチトースト、大好きです」

「じゃあ、俺が作るよ」

「天堂さんが？」

「言っただろ。美羽を甘やかすって決めてるって」

砕けた笑みを浮かべた天堂さんは、私の額と鼻先に唇を落としたあと、唇にも触れるだけのキスをくれた。

「でも、あともう少しだけ抱きしめさせて」

ぎゅうっと抱きしめられて、彼の匂いと体温に包まれる。

「それと、名前で呼ぶのと敬語をやめるのは、美羽への課題にするから」

「え？」

「期限は次に会うまで。もしできなかったら……そうだな、空港でキスしようか」

「ダッ……！　ダメですよ、そんなの！」

天堂さんは悪戯な笑顔で「楽しみだな」と零すと、再び私の唇を奪った。

甘くて優しいキスに、少し前に感じた不安は溶けて消えてしまう。

「……本当に離れがたくなってきたな」

ひとりごちるように言った彼は、ますます私を力強く抱きすくめた。

「私も……離れるのが寂しいです……」

「じゃあ、一緒にいる間にたくさんくっついていようか」

「はい」

優しい手が私の髪を梳き、柔和な眼差しを向けられる。

午前八時の寝室は、甘ったるい雰囲気に包まれていた。

二、プライドを隠す甘美な夜　Side Haruto

猛暑日が続く、八月上旬。

夏の暑さをものともせずに空を翔けた飛行機は、シカゴのオヘア国際空港から約十三時間の旅を無事に終えた。

途中、『タービュランス』――乱気流に複数回ぶつかり、機内が大きく揺れたが、乗客とクルー全員を無事に降ろすことができ、ようやく肩の力が抜けた。

今日のキャプテンは、栗原さんの同期だった。

しかし、彼のように穏やかな雰囲気はなく、コーパイには冷たいことで有名だ。会話も最低限で、このキャプテンと組むときは普段よりも神経がすり減る。

「おっ、天堂。今戻ったのか」

「はい。栗原さんは今日はスタンバイでしたよね」

「ああ。ちょっと資料を整理して、のんびり過ごしたよ。そっちはどうだった?」

「タービュランスは数回ありましたが、問題なかったです」

栗原さんは目を細め、俺の顔をまじまじと見てきた。

「……なんですか？」

「いや、いい顔をするようになったなと思って」

その言葉には、きっと色々と含まれているのだろう。

彼の表情が、そう語っている。

美羽と付き合うことになった頃から、自分でも仕事に対するモチベーションがさらに上がったのは自覚している。

もともと、仕事に誇りと責任感を持ち、何事にも真摯に取り組んできたつもりだ。

パイロットと言えば、一見華やかでかっこいい職種だと思われがちだが、実際には常に緊張感や危険との隣り合わせでもある。

何百人もの乗客とクルーを乗せた、巨大な鉄の塊。

それを飛ばすのは、同じだけの命を預かっているということ。

科学や技術が目まぐるしく発達した現代でも、空の上では予測不能なことも多く、自然の力を前に為す術もないことだってある。

一歩間違えれば、大事故に繋がるかもしれない。

そうなったときには、乗客とクルーの人生を大きく狂わせ、同時にその周囲の人たちの生活や人生にも不幸が降りかかることにもなるのだ。

それを胸に留めてパイロットとして背負う重責は、言葉では言い尽くせない。

幸いにして、俺はまだ大きなトラブルに遭遇したことはないが、航空業界で起こった凄惨な事故は入社前から幾度となく見聞きしている。

だからこそ、常に知識を得て技術を磨き、体調管理を徹底していた。

パイロットになってからは、慶弔時を除いてアルコールを摂ることはなくなり、生活のすべての基盤を仕事に置いてきた。

そのことに不満はなく、むしろそういったひとつひとつの行動が自信と安心感に繋がっている部分はある。

けれど……ときどき、そんな生活に息が詰まりそうだった。

飛行機が好きで、夢だったパイロットという仕事は天職だと思うほど。

誇りもあり、尊敬する栗原さんの教えもあって研鑽を積んできた。

その日々は充実しているし、つらいと感じたこともない。

それでも……ときおり、ふと息苦しくなることがあったのだ。

ところが、美羽と付き合うようになって、そういう感覚を一切抱かなくなった。

グランドスタッフという仕事に誇りを持ち、お客様に対して誠実に向き合い、笑顔を絶やさない。

クレームにも動じない対応力は、目を見張るものがある。

パイロットの覚えもいい彼女は、グランドスタッフが天職だろう。

かと思えば、大好きな飛行機のことになると子どものように瞳を輝かせて話す。

オンとオフのギャップに惹かれていくまではあっという間で、今では美羽と会える日を待ち遠しく思い、より仕事に励めるようになった。

お互いの職業柄、どうしても会う時間を捻出するのが難しい。

普段は電話やメッセージのやり取りを欠かさないようにしているが、たとえほんの少しでも彼女と一緒に過ごせるのなら会いに行きたい。

美羽と付き合って約二か月。

まだそう長い時間を共にできていないものの、彼女がいてくれることが心の支えになっている自覚はある。

そういったことが、自分自身でも知らないうちに俺に変化をもたらしてくれていたのだろう。

「いい人でもできたか？」

栗原さんの意味深な視線を受け止め、小さな笑みを浮かべる。

「はい」

俺が素直に答えると思わなかったのか、彼の目が丸くなる。

そのあとすぐに、穏やかな表情を向けられた。

「雰囲気が柔らかくなったな。周囲とも前よりは親密みたいだし、最近はコーパイたちからも評判がいいぞ」

言われてみれば、確かに後輩から声をかけられることが増えた。

お世辞にも、同僚に対して愛想がいい方ではなかった。

女性スタッフからプライベートを詮索されることに辟易していたせいか、いつからか人と距離を取るようになり、自然と冷ややかな対応をしていたこともある。

そんな俺に、後輩たちは業務以外であまり近づくことはなかったが、最近では仕事の質問だけでなく、相談も受けるようになっていた。

そういったときにはきちんと耳を傾けるようにしていたものの、以前までは相談なんてされることはほとんどなかったな……と気づく。

「このままでいてくれよ。天堂は、技術も知識も同年代の中では頭ひとつ抜きん出てるんだから、いずれは後輩の育成にも関わってほしいと思ってるんだ」

「俺は人に教えるのは向いてませんよ」

「向いてるかどうかはお前が決めるんじゃない。周りが感じることだよ」

栗原さんが瞳を緩め、俺の肩をポンポンと叩く。

なんとも言えずにいる俺を残し、彼は笑顔を残して立ち去った。

「栗原さん、相変わらずお前のことが好きだなー」

息をついた俺の背後から、同僚の佐藤達雄《さとうたつお》が声をかけてきた。

「後輩の育成がどうとか聞こえてきたけど」

「栗原さんが言ってるだけだ。俺には向いてない」

「さすが天堂先輩。グレートキャプテンの秘蔵っ子は、次期グレートキャプテンってか？　栗原さんが目をかけてるだけあって、自分の引退後を任せたいんだろうな」

同い年で同期入社ではあるが、佐藤は自社養成で事業用操縦士のライセンスを取ったため、ときどきからかうように『天堂先輩』と呼んでくる。

「その呼び方はやめろって言ってるだろ」

「いやいや、先輩は先輩ですから」

いつも微妙な気持ちになる俺を余所に、佐藤は気にする素振りはない。

同年代の先輩や後輩、同期は数名いるが、俺は佐藤をライバルだと思っている。

私大の航空科出身の俺と自社養成出身の佐藤では、コーパイになるまでに歩んできた道は違う。

ライセンスの取得もコーパイとしてコックピットに入ったのも俺の方が早いが、佐藤の技術や知識は信頼の置けるものだ。

技術力で言えば、先輩たちにも引けを取らないだろう。

佐藤自身も冗談めかした雰囲気を出しつつ、俺をライバル視しているようだった。

人当たりのいい佐藤は、俺と違ってＣＡやグランドスタッフとも親しすぎるくらい距離感が近いが、仕事には真面目で悪い奴じゃない。

「まあ、天堂は変わり者だけど、栗原さんには相当信頼されてるんだし、あの人が言うなら考えてみてもいいじゃないか？　といっても、今すぐの話じゃないだろうが」

「変わり者ってなんだ」

「自覚がないところが変わり者だって言ってるんだよ」

肩を竦めた佐藤が、制服のスラックスのポケットに手を突っ込んで笑う。

「せっかくモテる職業なのに、言い寄ってくる女にはまったく見向きもしないだろ。うちは、ＣＡもグランドスタッフもみんなレベルが高いって有名なんだぞ」

「俺はモテたくてパイロットになったわけじゃない」

「相変わらず堅物だな。なんでお前みたいな奴がモテるんだか」

佐藤はため息をつき、壁に背中を預けた。

「俺とお前じゃ、仕事以外では一生理解し合えなさそうだよ。難関大学の推薦をもらえるレベルだったのに、それを蹴ってわざわざ私大の航空科に進むなんて、俺には真似できないしな」

俺が私大の航空科出身であることは、同僚ならほとんどの人間が知っている。

ただ、推薦の話は誰にも話したことがない。

なぜ知っているのかと眉を寄せると、佐藤がニッと唇の端を持ち上げた。

「昨日の合コン、相手は看護師だったんだけど、そこで天堂と高校の同級生だって子に会ったんだ。お前、同級生たちの間ではちょっとした有名人らしいよ。〝大手航空会社に就職したイケメンパイロット〟って」

「……なんだそれは」

心底呆れた気持ちが芽生え、顔をしかめてしまう。

「お前に会ったら絶対に言ってやろうと思ってたんだけど、意外と早く会えたな」

満足そうな佐藤は、腕時計を確認すると「じゃあな」と言ってこの場を離れた。

要するに、合コンで拾ってきたネタを俺に伝えたかっただけなんだろう。

これからフライトがあるはずなのに声をかけてきたことが不思議だったが、ようやく合点がいった。

（少し疲れたな）

長時間のフライトに、栗原さんからの期待と佐藤との会話。

なんだか無性に美羽の顔が見たくなって、おもむろに窓の外に視線を遣った。

遅番の彼女とは、残念ながら今日は会えない。

そう思うと、あの無邪気な笑顔がさらに恋しくなった。

＊　＊　＊

美羽と会えたのは、翌日のことだった。

昨夜、彼女に会えないかという内容のメッセージを送っておいたところ、夜勤明けにもかかわらず快諾してくれたのだ。

羽田空港まで迎えに行った美羽を労い、軽く朝食を済ませて自宅に連れてきた。

疲れているであろう彼女に、「お湯は張ってあるから好きに使っていいよ」と告げてバスルームに誘い、その後はベッドに押し込んだ。

「あの……来て早々、寝るなんて……」

「でも、眠いだろ？　俺も一緒に休むから、ちょっと寝よう」

美羽は俺に気を遣っているのだろう。

まだ簡単に甘えてくれそうにはないが、これくらいのことは想定済みだ。

「でも、せっかく会えたのに……」

「せっかく会えたからこそ、一緒にゆっくりしたいんだよ」

上半身だけ俺のシャツを纏った体を、優しく抱き寄せる。

彼女の全身は、まだ少し強張っている。

緊張感が伝わってきて、俺まで調子が狂ってしまいそうだった。

「俺たちの仕事柄、どうしても頻繁にデートはできない。それに、会えたとしても夜勤明けや連勤の途中ってこともある。だから、どこかに出掛けるのもいいけど、こうやってふたりでゆっくりする日も作りたいんだ」

諭すように話す俺に、美羽が小さく頷く。

遠慮がちだった彼女の表情が、リラックスしたように見えた。

「今日は美羽が夜勤明けだったけど、逆の場合だってある。というか、俺もシカゴから戻ったばかりで今日はゆっくりしたい気分だから、ちょうどいいよ」

「うん……。ありがとう」

まだぎこちなさを残した口調は、敬語じゃないことに慣れていないからだろう。

そういうところも可愛くて、自然と笑みが零れる。

すると、美羽が俺をじっと見つめてきた。

「どうかした？」

「コックピットから見える景色って、どんな感じなの？」

好奇心を覗かせる瞳が、俺の答えを待っているのがわかる。

無邪気な表情は、まるで少女のようだ。

「どんな感じ、か。そうだな……」

美しいとか綺麗だとか、月並みな言葉で表現するのは簡単だった。

けれど、今まで目にした景色の中でどれが印象に残っただろう……と考える。

真っ先に脳裏に過ったのは、何年も前の夏――展望デッキでのこと。

ただ、これは彼女の質問の答えにはならないため、すぐさま他の記憶を探した。

「不思議な感じ、かな」

「不思議……？」

「うん。綺麗な景色はこれまでに数え切れないほど見てきた。ただ、地上からは見られない景観をコックピットで見てることが、今でも不思議だなって思うんだ」

漂う雲、燦々と照りつける太陽。

一色では表現し切れない海に、色とりどりの街。

どれも言葉では言い尽くせない美しさがあるが、そういうのとは別にときどき不思議な感覚を抱く。

俺は今、憧れてやまなかったコックピットに確かにいるのだ——と。

「もしかしたら、自分がコーパイになれたのがまだ夢みたいなのかもしれないな」

冗談めかして笑うと、美羽が瞳を緩める。

優しい眼差しに、ドキリとさせられた。

「じゃあ、好きな景色はある？　それか、一番感動した景色とか……」

「わりと好きなのはドーハの高層ビルの夜景かな。感動したのは、ブラジルの星空とカナダのオーロラ。地上で見るのと空から見るのとでは全然違うんだ」

彼女の興味はとどまらないのか、少し眠そうにしながらも真剣に耳を傾けている。

「あと、空と地上の両方から見て気に入ったのは、アマルフィかな。あそこの景色は何度でも見たくなるんだ」

「アマルフィってテレビでしか観たことがないけど、そんなに素敵なところなの？」

「ああ。空から見ると、海の中に鮮やかな街が浮いてるようにも感じるんだ。地上だと綺麗な建造物を見上げる形になって、映画のワンシーンみたいだなって思う」

「いいなぁ、私も見てみたい」

「じゃあ、いつか一緒に行こうか」

自然と口を衝いて出た言葉に、美羽が一瞬目を見開いたあとで破顔した。

花が綻ぶような笑顔に胸を掴まれ、瞳を捕らわれてしまう。

そんな彼女に心が癒されるのと同時に、雄の欲を孕んだ熱が込み上げてきた。

「ほら、そろそろ寝よう」

「でも、なんだか落ち着かなくて……」

美羽がうちに来るのは、彼女を抱いた日以来だ。

それ以降は食事に行く程度の時間しか取れなかったため、美羽からすればすぐに眠れるほどリラックスすることはできないに違いない。

休ませてあげたい気持ちとは裏腹に、悪戯な心が顔を出す。

「眠れないなら、眠れるようにしてあげようか？」

「え？」

きょとんとした彼女に笑みを向け、耳元に唇を寄せた。

「酸欠になるくらいキスするか、それとも足腰が立たなくなるほど俺に抱かれるか」

「っ……！」

「美羽が決めていいよ」

瞳を緩めれば、顔を真っ赤にした美羽がたじろぎながらも俺を睨む。

「からかわないでください……！」

「そんなつもりはないよ。美羽を抱きたいのは事実だし」

我ながら、いったいどこからこんな甘い声が出るのだろう……と思う。

「ね、寝ますっ……！　寝ますから……！」

布団の中に潜るようにした美羽に、思わず噴き出してしまう。

本当にゆっくりさせてあげたいのに、こうも素直で可愛い反応を見せられては理性が崩れてしまいそうだった。

それに、恥ずかしがって逃げられると、無性に追いかけたくなる。

「美羽、隠れないで。ほら、ちゃんと顔を見せて」

彼女の頬に手を添えて顔を上げさせ、額とこめかみにくちづける。

次いで瞼にもキスを落とし、欲するままに唇も奪った。

そっと触れて、柔らかな感触を楽しむように食んで。開いた唇の隙間を縫って舌を差し込み、小さな舌を捕らえる。

吐息ごと飲み込むように口内をまさぐると、もっと深くまで暴きたくなって。美羽の後頭部に手を回し、彼女との距離を埋めるようにグッと力を入れた。

セミロングの髪から漂うシャンプーの香りが、理性を揺るがしてくる。

ぷっくりとした唇を味わうキスは、まるで甘美な毒のようだった。

吐息交じりの声が、俺の心と体を熱くする。

このまま抱いてしまいたい衝動を抑え切れず、少しだけ……と脳内で言い訳を零しながら、シャツの裾から手を差し込んだ。

このときはまだ、ちゃんと〝少しだけ〟で手を引っ込めるつもりだった。

「はると、さ……」

それなのに、美羽の甘ったるい声を聞いた瞬間、脆い理性が壊された。

熱にとろりと溶けた二重瞼の瞳が、柔らかい体が、俺を蠱惑的に誘う。

色白の肌は滑らかで、どこに触れても気持ちがいい。

全身をじっくりと愛でたくて、けれど一刻も早くすべてを奪いたくて。相反する望みに苛まれながら、必死に魅惑的な肢体に触れる。

この声も、唇も、体も、俺しか知らないのだと思うと、興奮を抑えられない。

「美羽……可愛い。ほら、俺を見て」

「やっ……！」

「好きだよ。……大事すぎて、どうしようもないんだ」

歯の浮くような睦言も、呆れるほどの盲目的な言葉も、美羽を見ているといくらでも出てきてしまう。

頭がおかしくなりそうで、本能と理性の狭間で彼女を想う心が戦慄く。

俺の腕の中で悩ましげに乱れる美羽を前に、思考も体も沸騰しそうなほどに熱くなり、もっと深く愛したいと思う。

彼女との体の境界線をなくしたくて、華奢な肢体をきつくきつく抱きしめた。


ベッドで溶け合った俺たちが目を覚ましたのは、日が傾き始めた頃だった。

美羽の寝顔を見つめていたときはまだ午前中だったため、お互いによく眠れたのは間違いない。

彼女は照れていたようで、起き抜けには俺と目を合わせてくれなかった。

「寝るって言ったのに……」

「ちゃんと寝ただろ。それに、空港内でキスされるより、ベッドで抱かれる方がいいと思うけど」

暗に先日の課題のことを言えば、美羽の頬がいっそう赤くなった。

「敬語は使ってないよ……！」

「今はね。さっきは敬語だったよ」

眉を寄せる彼女には、心当たりがないのだろう。

美羽は緊張すると敬語が出てしまうようだった。

それを察して意地悪な態度を取るあたり、子どもじみているのは自覚している。

ただ、付き合ってからもどんどん彼女に惹かれていく心には、常に心配と嫉妬が渦巻いているのだから仕方がない。

美羽のことは信じているものの、俺が傍にいない間にまた変な男に絡まれていないか、言い寄られはしないか……と考えてはヤキモキしてしまうのだ。

八歳も年上であることから、彼女の前ではいつも冷静であるように見せているが、実際には恋人に夢中になっているただの男でしかないと思い知らされる。

それでも、美羽の笑顔を見ていると幸福感で満たされていき、彼女を大切にしようとより強く思う。

このままずっと美羽を抱きしめていたい衝動に駆られたが、今夜は彼女を連れていきたいところがある。

「美羽、出掛ける支度をしてくれる？　ちょっと行きたいところがあるんだ」

美羽には行き先を伏せて身支度を整えるように告げると、彼女は不思議そうにしながらも準備に取りかかった。

ふたりで家を出て車に乗り込み、目的地へと向かう。

「どこに行くんです……あっ、えっと、どこに行くの？」

敬語になったことを慌てて訂正する美羽に、クスリと笑ってしまう。

彼女を一瞥し、すぐに前方に視線を戻した。

「たぶん、美羽は楽しんでくれると思うよ。それより、デジカメは持ってる？」

美羽のバッグには、だいたいいつもデジカメが入っていることは知っている。

念のために確認すると、彼女は案の定「うん」と頷いた。

四十分ほど車を走らせて着いたのは、小高い丘。

渋滞に遭わなかったおかげで予定よりも早く到着でき、完備されている駐車場に車を停めて外に出る。

「ここになにかあるの？」

「ここにっていうか、ここからいいものが見られるんだ」

俺と同じ目的なのか、展望スポットには先客がいる。そこから少し外れた場所に移動すると、視界が開けた。

「わぁっ、綺麗……！」

感嘆の声を上げる美羽を前に、自然と笑みが零れる。

「あっちを見て」

右側を指差せば、彼女の大きな二重瞼の目が丸くなった。

「羽田が見える……！」

「少し遠いけど、悪くないだろ？」

「すごい！　ここ、どうやって知ったんですか!?」

「前になんとなくひとりでドライブに来て、このあたりを歩いてたらたまたま見つけたんだ。たぶん、いい写真が撮れると思うよ」

「あっ、そっか！　えっと、撮ってもいいです……撮ってもいい？」

「もちろん」

まだ敬語が混じる美羽の興奮した表情が可愛くて、クスクスと笑ってしまう。

彼女はバッグからデジカメを取り出すと、羽田空港に向かってピントを合わせた。

少し遠いとはいっても、それなりの写真は撮れるはずだ。

美羽と付き合ってからいつか連れてきてあげたいと思っていた場所だが、あえて今夜を選んだのには理由がある。

「うーん……もう少しズームにした方がいいかな」

彼女は、俺の視線なんて気づかないと言わんばかりに撮影に夢中だった。

そういえば、美羽がこうして撮影しているところを見るのは初めてだが、真剣な顔つきの彼女はなかなかいいな……と思う。

仕事中のようでもあり、けれどプライベートならではのリラックスした様子もあって、見ているだけで心が和んだ。

そんな美羽の隣で、腕時計に視線を遣る。

ここに着いてから、五十分が経過しようというところ。

彼女は、俺のことを気にしつつもまだデジカメに夢中だったが、その姿を見ているだけでもあっという間に感じた。

「美羽」

「わっ……！」

邪魔をしたくはないが、美羽を後ろから抱きすくめる。

肩を小さく跳ねさせた彼女が振り返った瞬間、柔らかな唇にくちづけを落とした。

「は、晴翔さんっ……！　ここ、外です！」

「うん、でも誰も見てないよ」

街灯の少ない丘では、美羽の顔色まではよく見えない。

けれど、触れた頬が熱を持っていて、彼女が恥ずかしがっているのはわかった。

美羽が照れくさそうにしながらも、小さな笑みを零した直後。

「もう……」

ヒュー……と音が鳴り、間髪を容れずに夜空に大輪の花が咲いた。

月と星が浮かぶ深い藍色の空に、色とりどりの花火が打ち上がっていく。

「えっ？　えっ、なんで……!?」

驚きの表情で俺と花火を交互に見る彼女に、にっこりと微笑んでみせた。

「小さな規模のものだけど、今夜は花火大会らしいんだ。ここからなら羽田越しに花火が見られると思って、美羽と一緒に来たかった」

俺たちの都合が合ったのは、本当に偶然だった。

「せっかく付き合ってるのに、なかなかゆっくり会えないから夏らしいことはなにもできそうにないだろ？　だから、今夜くらいはふたりで夏を楽しもう」

美羽が面映ゆそうに破顔する。

「うん、ありがとう」

その顔があまりにも可愛くて、今すぐにベッドに押し込みたい衝動に駆られる。

邪な思いを頬へのキスでごまかし、「撮らなくていいの？」と笑いかける。

彼女は、夜空を彩る花火の中を飛んでいく飛行機の写真を数枚撮ったが、すぐにデジカメをバッグに戻した。

「もういいのか？」

「せっかくだから、晴翔さんとちゃんと見たくて」

素直な気持ちを零した美羽に、胸の奥が高鳴る。

彼女のこういうところもまた、俺の心を掴んで離さない。

後ろから抱きしめたままの体に回した腕に力を込め、美羽の唇をキスで塞ぐ。

いつの間にか周囲には人が集まっていたが、みんな花火に夢中だろう。

そう思うと、遠慮なく彼女の唇を堪能できた。

名残惜しさを感じながらも、ゆっくりと唇を離す。

うっとりとしたような美羽に微笑み、額にもそっとくちづける。

カラフルな花火が舞い上がる夜空の下、彼女は恥じらうように、けれど幸せそうに微笑んでいた。

三、乱気流

お盆に入ると、羽田空港は多くの人で賑わっていた。

みんな、旅行や帰省といった夏の行事を楽しむのだろう。

ただ、お客様の人数に比例してトラブルも増えるのは必然。

今日も朝からクレームやアクシデントが絶えず、同僚たちとともに次から次へと対応に追われていた。

ロストバゲージによる手荷物の行方不明、急病人、雷雨が影響した到着便の遅延。

無線には常にトラブル報告が入り、休憩どころか息つく暇もない。

「おいっ！ いったいどれだけ待たせるんだ！」

私の担当である手荷物カウンターでも、こういった怒号を何度も耳にした。

怒鳴られているのは今年入社したばかりの後輩で、彼女はサラリーマンらしき男性を前におろおろしている。

頭を下げていたけれど、男性の怒りは収まらないようだった。

「お客様、どうかなさいましたか？」

私は持ち場を離れてお客様に声をかけ、後輩に「ここはいいから」と耳打ちする。

彼女は、申し訳なさそうにしながらも安堵を覗かせ、私がいた場所に急いだ。

「どうもこうもないだろ！　いったいいつまで待たせるんだ！」

こうして怒鳴られた経験は少なくはない。

繁忙期になればその数は増え、おかげで今では冷静に対応できるようになった。

「大変お待たせしてしまい、申し訳ございません」

「あんた、さっきのスタッフよりは先輩なんだろ？　だったら、さっさと済ませるように手配しろよ！　俺は遊びに行く奴らと違って、仕事で来てるんだよ！」

「お時間を頂戴しておりますこと、重ねてお詫び申し上げます」

そして、こういうときにはただ謝罪するだけではなく、毅然とした態度でいるのが大切であることも覚えた。

「ですが、手荷物をお預かりする際の確認業務は、お客様の安全を確保するために行うものでもあります。大変申し訳ございませんが、もう少々お待ちいただけますでしょうか」

「なっ……」

不思議なもので、こちらがおろおろしているとヒートアップする人ほど、毅然と対応するとたじろいだ素振りを見せる。

男性もこんな風に言われるとは思っていなかったのか、急に大人しくなった。

その隙を見逃さず、満面の笑みを見せ、腰をしっかりと折る。

「ご多忙のところ、ご理解とご協力をいただきまして誠にありがとうございます」

男性は、もうなにも言わなかった。

「お客様に安全で快適な空の旅をお楽しみいただけますよう、スタッフ一同尽力してまいります」

さきほどの勢いはどこへやら、「もういい！」と気まずそうに顔を逸らした。

もう一度頭を下げ、そのまま後輩とは持ち場を変わって業務をこなした。


「お疲れ様です……」

社員食堂に行くと、今日はチェックインカウンターにいる愛子ちゃんがげっそりした顔でサンドイッチを食べていた。

「お疲れ様。愛子ちゃんも大変だったみたいだね」

「朝からクレームばっかりで……。待ち時間が嫌なら、この時期に旅行なんてしなければいいのに」

「そんなこと言っちゃダメだよ」

たしなめる私に、彼女が「はぁい」と唇を尖らせる。

「あのっ、春川先輩!」

そこへ、先に休憩に入っていた後輩が声をかけてきた。

「さっきはすみませんでした! 私、怒鳴られて萎縮しちゃって、全然上手く対応できなくて……。毅然と対応しなきゃいけないのはわかってたんです……。でも……」

涙を浮かべる彼女は、入社したばかりの頃の自分を見ているようだった。

「あのとき、先輩がフォローしてくださらなかったら……」

「そういうときもあるよ。まだ一年目で慣れてないんだし、あんまり気にしないで。落ち込まなくていいから、休憩が終わったらまた切り替えて頑張ろうね」

これ以上落ち込ませたくなくて、できるだけ柔らかい笑顔を向ける。

後輩はわずかに安堵した面持ちになり、お礼を言ってこの場を去った。

「あの子、怒鳴られたんですか?」

「男性のお客様にね。待ち時間が長くなると、イライラする人が出てくるから」

「待ち時間が長いのはみんな同じですし、仕方がないことなのに……。そんなことでスタッフに怒鳴るような人間は最低だと思います」

「愛子ちゃんが言ってることは正しいけど、世の中には自分の機嫌を自分で取れない大人もいるから」

「子どもよりもタチが悪いじゃないですか。私、そんな男とだけは絶対に結婚したくないです……！　優しくて包容力がある人がいい！」

愛子ちゃんは声に力を込め、カフェオレをグビッと飲んだ。

今日も通常運転の彼女を見ていると和み、なんだか笑ってしまう。

「美羽さんは幸せそうでいいなぁ」

「え？」

「今だって、トラブルに巻き込まれたとは思えないような明るい表情ですし、愛されオーラがすごいです。肌とかツヤツヤしてますし」

「そ、そうかな……」

じっと見つめられて、急に恥ずかしくなる。

「彼、そんなに優しいんですか？」

「うん、すごく優しいよ」

すかさず笑顔で答えると、愛子ちゃんが「信じられないなぁ」と眉を寄せる。

彼女の素直さは、いつもながら嫌味がなくて気持ちがいい。

晴翔さんは、本当に優しい。

というか、優しすぎるくらい。

どんなに忙しくても、日本にいるときには私と少しでも会おうとしてくれる。

会えば、ずっと甘やかしてくれる。

つい先日だって、夜勤上がりの私を気遣い、夜には羽田空港が望める場所から花火を見せてくれた。

思わぬサプライズに感激したのはもちろん、幸せな気持ちになれた。

その上、自分の想いも包み隠さず伝えてくれるなんて、彼は最高の恋人なんじゃないだろうか。

意地悪なことを言われたりからかわれたりすることもある。

そんなときは恥ずかしくなるものの、楽しそうに笑う晴翔さんを見ているとちっとも嫌じゃない。

むしろ、彼の笑顔にときめいてしまうくらいだ。

会えないときには電話やメッセージを欠かさずくれるし、相変わらず滞在先の景色やそこで食べたものを写真に撮って送ってくれる。

私の部屋には晴翔さんが買ってきてくれたお土産が並び、ほんの二か月ほどで彼の気配が増えた。

恋人になった晴翔さんの印象は、親しくなる前の彼とは一八〇度違っていた。

そんな晴翔さんとの時間が、今の私の原動力になっている。

最初は彼と釣り合わないことに不安を感じていたのに、今では釣り合うように頑張ろうと前向きな気持ちでいるのだ。

きっと、これも晴翔さんのおかげ。

大切にされていると、本当によくわかる。

だからこそ、彼を信じて向き合える人間でいたいと思う。

そういう決意は恋愛以外にもいい影響を及ぼしてくれるのか、最近の私は以前にも増して仕事への意欲も高まっていた。

「そんなに幸せそうにされると、嫉妬もできないじゃないですか」

「嫉妬って……」

「あとで華さんにも報告しますからね」

「報告はしなくていいでしょ！」

「ダメです。ふたりで美羽さんをいじるって、華さんと決めてますし」

「なにそれ……。いつの間にそんなこと決めたの？」

にっこりと笑う愛子ちゃんにごまかされたと察したとき、私たちに影がかかった。

「春川さん、よね？」

顔を上げた私の視界に飛び込んできたのは、ＣＡの制服を身に纏った女性。

「はい……。お疲れ様です」

意外な人物に声をかけられたことに一瞬驚きながらも、平静を纏って頭を下げた。

愛子ちゃんも私と同じ気持ちのようで、視線が送られてくる。

そんな私たちの前にいる道岡さんは、綺麗な顔に笑みを作っていた。

「業務以外で話すのは初めてよね。春川さん、今って少し時間ある？　あなたに訊きたいことがあって」

「あ、はい……」

嫌な予感がしなかったわけじゃない。

ただ、この場で断る理由が思いつかず、反射的に立ち上がった。

道岡さんは微笑み、愛子ちゃんを一瞥した。

「あ、じゃあ、私も一緒に――」

「ごめんなさい。春川さんとふたりきりで話したいのよ。あなたには彼女の分の片付けもお願いしていいかしら？」

「えっ？　いえ、それは自分で……」

「いいじゃない。その子に任せておけば」

当たり前のように言ってのける道岡さんに戸惑う私を見て、愛子ちゃんが心配そうにしながらも「大丈夫ですから」と笑う。

「ごめんね、愛子ちゃん。ありがとう」

「少し移動しましょう。五分も取らせないけど、ここじゃちょっとね」

申し訳なく思いながらも愛子ちゃんを置いて、道岡さんについていく。

途中で華とも鉢合わせてしまい、意外すぎる組み合わせのせいか驚いたような表情を向けられた。

けれど、私は心配いらないと言うように微笑み、「お疲れ」とだけ交わした。

「悪いわね、休憩時間中に」

道岡さんが足を止めたのは、スタッフしか利用しない通路の一角。

最奥にある化粧室よりもさらに進んだここは、滅多に人が通らない。

「いえ……。あの、私に訊きたいことってなんでしょうか」

内容はなんとなく想像できた。

そもそも、彼女と私に接点なんてほとんどなく、業務以外で話したこともない。

もっと言えば、私にわざわざ訊くようなことがないのもわかっていた。

それでも、私には平静と笑顔を纏い、仕事の一環として対応するしか術がない。

「晴翔と付き合ってるんですって？　社内で噂になってるみたいよ」

綺麗な笑顔に似合わない、抑揚のない口調。

道岡さんのような美人の淡々とした話し方には、有無を言わせない威力がある。

「私も最近聞いて驚いたの。ほら、あなたって晴翔のタイプじゃないと思うから」

たじろぎそうになりながらも否定も肯定もせずにいると、彼女がこれ見よがしにため息をついた。

「晴翔とあなたに接点があるなんて……。とはいっても、どうせあなたから言い寄ったんでしょ？　女性とは一線を引いてる晴翔が、わざわざ自社のグランドスタッフなんかに手を出すなんて考えられないもの」

随分な言われようだ……とは思う。

ただ、道岡さんにこんな風に言われたという事実に、戸惑いは隠せなかった。

「でも、あんまり夢は見ないことね」

口元だけで笑う彼女が、いったいなにを言わんとしているのか……。

たいして考えなくても察することはできた。

次に言われそうなことも……。

「私ね、前に晴翔と付き合ってたのよ。噂くらいは聞いてるかしら？」

顔つきとは裏腹の冷たい視線に、責められているのがわかる。

「だから、彼のことはよく知ってるの。ほら、仕事でわかり合えると自然と距離が縮まるじゃない？　私たちの始まりはそういう感じだったけど、あなたたちは絶対に違うだろうから」

その目には嫌悪感が色濃く滲み、『あなたよりも私の方が彼を知っている』と語っているようだった。

「グランドスタッフだと、フライト中の苦労とかわからないでしょ？　でも、CAなら空の上でも一緒だし、苦楽を共に仕事をしてるのよ。この意味、わかる？」

つまり、道岡さんは私が晴翔さんの恋人なのが許せないのだろう。

彼への未練なのか、彼女自身のプライドの問題なのか、その両方なのか。

真意を察することはできないものの、親切心が微塵もないことはわかる。

「そもそも、身の程知らずだとは思わない？」

それなのに、返す言葉がなにも出てこない。

理由はどうであれ、投げられた言葉には共感できてしまう部分もあったから。

地上勤務のグランドスタッフよりも、一緒に飛行機に乗りフライトの苦楽を共にできるCAの方が、パイロットのことを理解できるだろう。

機内でトラブルがあったとき、彼らを助けられるのは同乗しているクルーだ。

私たちグランドスタッフは、直接的なフォローはできない。

仮にパイロットの苦労を窺い知ることができたとしても、きっと本質的なところでは理解も共有もできない。

それは、今の私が突かれて一番痛みを感じるところだった。

「パイロットとして将来を期待されてる晴翔と、ただのグランドスタッフのあなたが付き合えるなんて、おかしいと思うでしょ？　優しくされて浮かれたのかもしれないけど、晴翔の気まぐれを真に受けない方がいいんじゃない？」

「ご助言、ありがとうございます」

けれど、泣かずにいられたのは、勤務時間中だったから。

もうすぐ休憩が終わる。

業務に戻れば、明るい笑顔でお客様をお迎えする義務がある。

グランドスタッフとしてのプライドと仕事が好きだという気持ちだけが、私に虚勢を纏った笑みを浮かべさせた。

「そろそろ休憩時間が終わってしまいますので、私はこれで失礼します」

「……意外と図太いのね」

蔑むような声が、どこか遠くで聞こえた気がした。

まるで乱気流のような出来事が、幸せに浸っていた私の心に爪痕を残していく。

震える唇を隠すために、この場から立ち去るだけで精一杯だった。


「なにそれっ！」

「道岡さん、めちゃくちゃ性格悪くないですか！」

四六時中に華と愛子ちゃんの声が響いたのは、あれから数時間が経った頃だった。

終業後、更衣室で会った愛子ちゃんに引き止められ、『華さんに頼まれてるので』とそのまま待つように言われた。

彼女たちは、道岡さんの様子から色々と察していたみたい。

経緯を話すと、不快感をあらわにして憤慨した。

「牽制にしたって、嫌味にも程があるでしょ！　美羽のこと、バカにしすぎよ！」

「私、ほとんど話したことがないですけど、道岡さんってパイロットからは評判いいですよね？　二重人格なのか、美羽さんにだけなのか……」

「どっちにしても、性格が悪いのは事実よ！」

華は「ムカつく女！」と吐き捨て、ビールを一気に飲み干した。

「だいたい、美羽も美羽よ。なんで言い返さなかったの」

「元カノからの牽制なんて、今カノの余裕で跳ね返せばいいんですよ！」

愛子ちゃんの言う〝今カノの余裕〟がなにかはわからない。

ただ、私の中にそんなものがないことだけは確かだった。

「余裕なんてないよ。それに、どう言い返せばいいのかもわからなかったの……」

「そりゃ、いきなりすぎて驚きとかもあっただろうけど……」

「それだけじゃなくて……。もちろんびっくりしたのもあるけど、道岡さんの言ってることすべてを否定できるかって言えば、そんなこともなかったし……」

「グランドスタッフよりCAの方がパイロットの気持ちがわかる、ってやつ？」

「うん……」

「そんなの、道岡さんの勝手な言い分でしょ！　思い上がりもいいところよ」

「そうですよ！　人の本質的な気持ちなんてわからないじゃないですか！」

言っていることはとてもよくわかるし、ふたりに共感もできる。

それなのに、道岡さんに言われたことが脳裏にこびりついて消えない。

「……天堂さんに相談してみたら？」

「私もそれがいいと思います」

「相談って……道岡さんのことを？　色々言われたって話すの？」

ためらいを浮かべると、華と愛子ちゃんが同時に首を縦に振った。

「別れた女が出しゃばるなんて明らかにおかしいし、天堂さんからガツンと言ってもらうべきだよ」

「私も絶対にその方がいいと思います！」

「だよね。天堂さんから言われたら、あっちもちょっとくらい堪えるでしょ」

「甘いですよ、華さん。ああいう人はそれくらいじゃ堪えませんって」

「それも一理あるけど、道岡さんってプライドが高そうだし、なにより天堂さんに嫌われたくはないだろうから、今日みたいなことはなくなるんじゃない？」

「うーん……どうですかね。でも、なにもしないよりはいいと思いますし、とりあえず天堂さんには相談すべきです」

私を余所に話を進める彼女たちが、私を心配してくれているのはわかる。

「心配してくれてありがとう」

ただ、その提案を受け入れる気はなかった。

「でも、晴翔さんには言わない。ただでさえ忙しいし、プレッシャーも大きい仕事なのに、余計な心配はかけたくないんだ。晴翔さん、今はトロントだしね」

「美羽……」

「それに、私は大丈夫だよ。ふたりが怒ってくれたから、なんだかすっきりしたし」

どれも本心だった。

晴翔さんに心配をかけたくないのも、彼女たちのおかげで心が軽くなったのも。

だから、笑って「ありがとう」ともう一度伝える。

「美羽がそう言うなら……」

「私たちは無理強いできませんけど……」

華も愛子ちゃんも納得できないと言わんばかりだったけれど、最終的には私の気持ちを尊重してくれた。

そんなふたりへの感謝を抱えながらも、心は一向に晴れない。

一昨日には晴翔さんと束の間のディナーを楽しんだばかりなのに、今すぐに彼に会いたくて仕方がなかった。

四、支えてくれる言葉

九月の二週目に入っても夏の暑さが残る中、悪天候が続いていた。

南から北上してくるふたつの台風の影響で、欠航便が相次いだのが先週末のこと。

金曜日の十六時以降から土曜日の夕方までは一便も飛ばず、空港内や近くのホテルで一夜を明かしたお客様も多かった。

そのせいで日曜日の羽田空港は多くの人でごった返し、チェックインカウンターには長蛇の列ができた。

今週も水曜日までは雨に見舞われ、火曜日は豪雨による影響で一部欠航便が出てしまい、同僚いわくクレームも多数あったという。

悪天候と台風の影響で、この一週間ほどの運航は変更ばかり。

私にとって、それは仕事にもプライベートにも大きく関わることだった。

【こっちはずっといい天気だよ】

スマホに届いていたメッセージを見て、深いため息が漏れる。

晴翔さんとプライベートで最後に会えたのは、八月下旬の夜だった。

それ以降はシフトのすれ違いが重なっていたため、空港内で彼の姿を見かけることはあったものの、直接話せる機会は一度もなかった。

晴翔さんの方も私の姿を目にすることは何度かあったようだったけれど、【声はかけられなかった】というメッセージが数回届いていた。

それでも、定期的に電話をして、メッセージも毎日交わしている。

先週の土曜日には久しぶりにオフが重なり、前夜から彼と過ごす予定だった。

そこへ、二度の台風に見舞われてしまったのだ。

前日の金曜日、晴翔さんは午前中の便で北海道《ほっかいどう》の新千歳《しんちとせ》空港に飛び、夜に戻るはずだった。

ところが、北上していく台風のせいで欠航になってしまい、彼はそのまま北海道に一晩滞在し、早番だった私は家でひとりで過ごした。

翌土曜日の夜遅くには無事に羽田空港に戻ってこられたらしいものの、晴翔さんと会うことは叶わなかった。

意地悪な台風によって彼との貴重な時間が潰されてしまい、今日は木曜日。

もう三週間近く、晴翔さんの顔をまともに見られていない。

仕方がないのはわかっているし、もちろんどちらが悪いわけでもない。

しいて言うのなら、憎き台風のせい。

自然という大きな力を前にすれば、科学を発展させてきた人間だって無力なものだと思い知らされた。

いくら落ち込んでも涙を呑んで諦める以外、できることはなにもなく……。

土曜日はなんとか家に帰りついたあと、どうしてもひとりでいたくなくてずっとジムで過ごした。

それから今日までは、仕事に没頭することで気を紛らわせた。

大変な中でも連絡を欠かさないでいてくれる彼には、本当に感謝している。

けれど、あの日に抱いた落胆と寂しさは言葉では言い尽くせなかった。

(晴翔さん、今はニューヨークだし……)

本来なら土曜日から三連休だった晴翔さんは、日曜日と月曜日の二連休を経て、火曜日からニューヨークへ。

木曜日の今日も、彼はまだ現地にいる。帰国するのは土曜日の午後の予定だ。

私は日曜日から三日連続の中番と昨日の早番をこなし、今日は休みだった。

ただ、朝からなにもやる気が起きず、数日分の作り置きと掃除をしたあとは家に引きこもっていた。

水曜日に現地に着いた晴翔さんは明日までオフで、私も今日と明日が休み。

せっかく休みが重なっているのに、彼と私の距離はとても遠い。

パイロットとグランドスタッフという仕事上、こういうことは日常茶飯事なのは頭では理解しているつもり。

ただ、思い通りにならない心には澱《おり》が広がっていく。

さらには、それが寂しさを助長させている。

その理由は、ずっと気分が晴れないから。

道岡さんに牽制された日以降、彼女は私と顔を合わせるたびになにかと言ってくるようになった。

私たちはこれまでによく会っていたというわけじゃない。

それなのに、道岡さんを意識するようになったせいか、不思議なもので頻繁に見かけるようになった気がする。

仕事中だけでなく、休憩中も例外じゃなかった。

私への嫌悪感を隠さない彼女が、私に気づくたびに声をかけてくる。

だから、余計にそう思うのかもしれない。

もちろん、その内容は心穏やかでいられないものばかり。

『晴翔の気まぐれだって、まだわからないのね。早く別れた方がいいわよ』

『晴翔って仕事の話ばかりでしょ？　私たち、よく色々話して共感し合ったのよ』

『次のフライトは晴翔と一緒なの。付き合ってた頃、彼と向こうでデートしたこともあるのよ。ニューヨークでの時間はすっごく楽しかったな』

『あのときはカフェでモーニングを楽しんで、買い物をしたの。夜には素敵なレストランでディナーをご馳走してくれたのよ』

晴翔さんを疑う気持ちはない。

私のことをとても大切にしてくれている彼が、気まぐれなんかで私と付き合っているとは思っていない。

晴翔さんはそんなことをする人じゃない。

それはよくわかっているつもりだし、彼を信じていると胸を張って言える。

むしろ、晴翔さんのことをそんな風に言う道岡さんに怒りが湧いたけれど……。だからといって、平気ではいられなかった。

釣り合わないのは自分が一番わかっているからこそ、彼と並んでも恥ずかしくないように今まで以上に仕事を精力的にこなそうと思った。

実は、一応は話せるものの苦手な英会話も、改めて勉強し直している。

小さなことでも努力して、ひとつずつ真摯に向き合っていけば、きっと自信は後からついてくると考えたからだ。

ところが、彼女の口からふたりが付き合っていた頃のことを聞かされたときには、さすがに上手くかわせなかった。

それまでは、道岡さんになにを言われても淡々と接していたつもり。

華と愛子ちゃんが私の分まで怒り、味方でいてくれ、そして晴翔さんのことを信じているから。

けれど、彼と道岡さんが恋人だったときにニューヨークでどんな風に過ごしたのかを聞いた瞬間は、目の前が真っ暗になった。

付き合っていたことは事実だと受け止め、過去だと割り切るしかないと自分に言い聞かせていた。

ところが、勝ち誇ったように当時のことを語る彼女の言葉が胸を容赦なく抉り、全力の強がりは脆く崩れ去ってしまったのだ。

女性スタッフが多い職場にいれば、陰湿な揉め事は少なくはない。

お客様からクレームを受けることも珍しくはなく、グランドスタッフという仕事自体が厳しい指導を受ける職種でもあると思う。

だから、つらいことは幾度となく経験してきたし、他人から理不尽なことを言われても上手く気持ちを切り替えられるようになっていた。

ただ、晴翔さんに関することだけは簡単に割り切れるはずがない。

ましてや、彼が滞在中のニューヨークには、道岡さんもいるのだ。

よりにもよって、ふたりで一緒に過ごしたと聞かされたニューヨークに……。

それが彼女の牽制であることは最初から察しているけれど、そうだとしても心穏やかではいられなかった。

晴翔さんは、きっと必要以上に女性スタッフと親しくすることはないだろう。

もし、道岡さんと一緒に過ごすことがあるのなら、その傍には他にも誰かいる。

彼がそういう人だと知っているつもりだし、彼女との関係を疑ってもいない。

一方で、道岡さんが復縁を迫ったりなにか言ったりするんじゃないかという不安はあって、信じる気持ちとは裏腹に安心感は芽生えなかった。

（もう二週間以上も晴翔さんと会えてないんだ……）

読みかけで放り投げた雑誌に差していた夕日は、とっくに沈んでしまった。

暗い気持ちはちっとも晴れることはなく、ため息の数だけ気分が重くなっていく。

私の心は、夕日が消えた空のように闇に包まれている気がした。

＊＊＊

翌週の日曜日。

早番のシフトだった私は、仕事を終えた足で京急蒲田駅に向かった。

「おかえり」

改札口を出ると、すぐに晴翔さんに気づいて駆け寄る。

彼に会えたことが本当に嬉しくて、久しぶりに心からの笑みが零れた。

「晴翔さんもおかえりなさい」

「ただいま。それから、お疲れ様」

「晴翔さんもお疲れ様。ずっと大変だったでしょ？」

「そうでもないよ。それに、美羽に会えたから疲れも吹き飛んだ」

「そんなに一瞬で？」

「うん、一瞬で。今は美羽の笑顔が見られただけで嬉しいんだ」

「私も嬉しい」

お互いを見つめ合ったまま、会えなかった日々を労い合う。

「でも、疲れてるのに迎えに来てくれてありがとう」

「俺が一秒でも早く美羽に会いたかったんだよ」

晴翔さんは昨日の午後にニューヨークから帰国し、今日からの三日間はオフだ。

私は明日は遅番ではあるものの、早番明けからの遅番シフトだから時間はある。

先日の台風に邪魔をされたデートの代わりというわけではないけれど、彼が『美羽の体調が大丈夫なら会わないか？』と誘ってくれたのだ。

もちろん、私の返事はひとつしかなかった。

晴翔さんはさりげなく私のバッグを持ってくれると、自然と右手を掴んできた。

私の歩幅に合わせてくれる彼と、秋の気配が漂うようになった街を歩く。

「本当にどこにも行かなくていいのか？　遠出は無理だけど、近場に出掛けるくらいなら今からでもできるよ」

「うん、いいの」

「本当に？　我慢しなくていいよ？」

「我慢なんてしてないよ。今日は晴翔さんとゆっくりしたいから」

先日のデートでは、横浜《よこはま》に行こうと話していた。

彼としては、そのときに予定していたのと同じプランではなくてもデートらしいことを……を考えてくれていたのかもしれない。

けれど、今の私は、とにかく晴翔さんとふたりきりで過ごしたかった。

デートだってしたい。

ただ、それよりも誰にも邪魔をされずに彼と過ごしたい。

こんな風に考えてしまうのは道岡さんとの一件で堪えているのが明白だったものの、とにかく晴翔さんの存在を近くで感じていたかった。

「だったら、せめて空港まで迎えに行ったのに」

「ありがとう。でも大丈夫だよ。ニューヨークから戻ったばかりなんだし、ゆっくりしてほしいから」

紡いだ言葉は決して嘘じゃない。

一方で、同僚たちに見られないようにしたいという気持ちも少なからずあった。

道岡さんは、私たちの関係が『噂になってる』と言っていた。

いずれはそうなるだろうとは思っていたけれど、彼女からの度重なるきつい言葉を受け続けている今は、せめて他の心配事だけでも減らしておきたかった。

堂々とすればいいという思いもある反面、落ち込み続けている状態で他の人からもなにか言われることがあれば、上手く気持ちを切り替えられる気がしなかったのだ。

こうしてウジウジしてしまう自分が嫌なのに……。今だけは誰の目も気にせず、なにも邪魔をされずに、彼の傍にいられることが嬉しい。

ようやく、心に安心感が芽生えてきた。


「美羽」

晴翔さんの声が真剣さを纏ったのは、玄関を入ってすぐのこと。

振り返るよりも早く私を抱きしめた彼は、背後から私の顎を器用に掬った。

直後、影がかかった晴翔さんの顔が近づいてきて、そのまま唇が落ちてくる。

久しぶりのキスは触れるだけにとどまらず、繰り返し唇をやんわりと食まれると、少し強引に舌が口内に差し込まれた。

まだ慣れないくちづけにたじろぐ私は、彼に応えたいと思う。

それを伝えるがごとく、たどたどしいなりに舌を動かしてみせた。

絡み合った舌には熱がこもり、広い玄関にはお互いの吐息が重なっていく。

無理な体勢が苦しくて身じろぐと、晴翔さんが唇を結んだまま私の体を翻し、正面から抱きしめてくれた。

彼の香りが鼻先をくすぐり、澱《おり》に包まれていた私の心を少しずつ癒してくれる。

晴翔さんのキスが嬉しくて、彼への想いが溢れ出す。

ずっと我慢していた寂しさが膨れすぎたせいか、それとも酸素が足りないせいか。鼻の奥がツンと痛んで、涙が込み上げてきた。

「美羽……抱きたい」

唇を離した晴翔さんが、悩ましげな色香を纏った声で囁いた。

ストレートな言葉に、胸の奥が高鳴る。

昼間だからとか、まだ慣れていないからとか、恥ずかしいからとか……。

脳裏に浮かんだ言い訳はすぐに溶け、彼への愛おしさだけが心に強く残る。

嫌なことが続いた日々も、晴翔さんに会えなかった寂しさも、全部消してほしい。

「うん……。私も晴翔さんをもっと近くに感じたい」

そんな気持ちを伝え、彼の背中に回した腕にギュッと力を込めた。

結局、日が暮れるまでベッドで過ごした。

まだ日が高い時間から素肌で抱き合ったあと、そのままふたりで眠りに就き、一度目を覚ましたのが夕方だったと思う。

晴翔さんのキスを受け入れ、じゃれているうちに再び体を重ねて、またしても仲良く微睡んで……。彼の腕の中で次に起きたときには、外はすっかり暗くなっていた。

夕食は簡単に作って済ませ、交代でお風呂に入り終えた今、時刻は二十二時半を過ぎている。

明日の午後になれば、私は一度帰宅する。

お泊まりができるだけの準備はしてきたけれど、『仕事の前に家で仮眠を取った方がいい』と言った晴翔さんの意見を受け入れる形で決めた。

彼の家ではまだ完全にリラックスできない私にとっては、きっとその方がいい。

遅番は中番に比べてスタッフの人数が少ない。

それもあって、なにかトラブルが起きればひとりひとりにかかる負担も大きい。

休憩時間があってもゆっくり仮眠できるわけでもないため、いつも遅番の前には少しでも眠るようにしている。

ただ、帰る時間が迫ってくるほどに、どうしても切なくなる。

晴翔さんが溶かしてくれたはずの寂しさも、少しずつ蘇ってきた。

「美羽、もしかしてなにかあった？」

いつの間にかぼんやりとしていたようで、彼が私の顔を覗き込んでいた。

その双眸は私の心を探るようでいて、心配そうでもある。

「ここ最近、電話の声も元気がなかった気がするし、今日も少し様子がおかしい」

晴翔さんに迷惑をかけたくはないのに……。彼の優しい声音と瞳に、張り詰めていた心が崩れそうになる。

涙腺も緩んでしまいそうになって、慌てて笑顔を繕った。

「そんなこと……」

言葉が出てこなかったのは、晴翔さんが私の体をそっと抱きしめてくれたから。

「美羽はまだ、俺に上手く甘えられない？」

「え……？」

「電話やメッセージだと言えなかったのかもしれないけど、今はこうして傍にいるんだからもっとたくさん甘えていいんだよ」

「……ッ」

泣くつもりなんてないし、泣くほどのことじゃない。

なんとか涙は堪えたけれど、こうして甘やかされると頼りたくなってしまう。

電話でもメッセージでも、ずっと明るく振る舞っていた。

彼に心配をかけたくない一心で、いつも通りでいることを心掛けていた。

労いの言葉だって、一度も忘れなかった。

それなのに、晴翔さんには見透かされていたのだ。

彼が鋭いのか、私が隠すのが下手なのか……。

どちらにしても、なんでもないふりでごまかせる感じはしない。

顔を上げて晴翔さんと視線を合わせ、おずおずと口を開いた。

「あのね……今、ちょっと弱気になってるのかもしれない」

「うん」

「だから、晴翔さんを信じてないとかじゃないんだけど……」

「うん、わかってるよ」

「少し前からずっと心に引っかかってることが気になって、上手く気持ちを切り替えられなくて……」

彼は何度も相槌を打ち、私の話に耳を傾けてくれている。

「地上勤務の私じゃ、晴翔さんの大変さを理解できないし、分かち合うこともできないんだなって思って……。そういう気持ちが、最近は大きくなってきて……」

ずっと黙っていた晴翔さんが目を小さく見開き、困惑を浮かべて眉を寄せた。

「どうしてそう思った？」

その質問にどう答えるべきか……。

少しだけ悩んで、息を小さく吐いた。

「そういう風に言われたことがあって、確かにそうだなって感じたの……。そんなときにこの間の台風で晴翔さんに会えなくなって、余計に落ち込んだっていうか……」

道岡さんに言われた……とは話せなかった。

それでも、今思っていることは、素直に打ち明けられたと思う。

少しの間黙っていた彼は、程なくして私を見つめたまま困り顔で微笑んだ。

「確かに、地上と空では分かち合えないこともあるかもしれない」

自分でも思っていたことだけれど、改めて晴翔さんから言われると胸が痛む。

ただ、彼の表情は優しい笑みに変わり、私の髪をそっと撫でた。

「でも、俺は美羽と一緒にいられる時間が一番幸せだし、地上に下りたら真っ先に美羽に会いたくなるよ」

「晴翔さん……」

「美羽と付き合うようになってから、栗原さんに『雰囲気が柔らかくなった』って言われたり、後輩からはよく相談されたりするようになったんだ」

晴翔さんの眼差しも、私に触れる手つきも、とても優しい。

「今までの俺なら、こういうことはなかった」

あんなに苦しかった胸の奥は今も締めつけられているのに、それはなんだか甘やかで心地好い感覚にゆっくりと変わっていた。

「きっと、美羽と一緒にいるおかげで、俺の中にいい意味で変化が生まれたんじゃないかな」

「そんなこと……」

首を横に振りかけた私に唇に、彼の人差し指がそっと押し当てられる。

「美羽がどう感じても、俺はそう思ってるよ」

柔和な声音が、私をたしなめるようだった。

「それに、俺は美羽の話を聞くのが楽しいし、美羽が俺の話を楽しそうに聞いてくれることが嬉しい。美羽に会うたび、すごく癒されてる。そういう時間を過ごしたあとは、改めて頑張ろうって思えるんだ」

だからそんな風に思わなくていいよ、と晴翔さんが瞳をたわませる。

優しくて、温かくて、穏やかで。そんな微笑みに、あんなにも苦しかった胸の内がラクになっていく。

それはまるで、雨上がりの青空に架かる七色の虹のようだった。

「ありがとう。それに、ごめんね。こんな話しちゃって……」

「謝らなくていいよ。美羽が悩んだり落ち込んだりしたときは我慢せずに話してくれる方が嬉しいし、嬉しいこともつらいことも分かち合いたいから」
どこまでも甘やかしてくれる彼に、私はなにができるだろう。
「それと、空と地上の距離は遠いけど、グランドスタッフも大切な仲間だよ」
そんなことを考えていると、真っ直ぐな笑顔を向けられた。
いつか同じことを言ってくれた男性《ひと》がいた。
あの彼は、夏の空の下で私の背中を押してくれた。
懐かしさと嬉しさで微笑むと、晴翔さんも柔和な眼差しを返してくれる。
そして、優しいキスを与えてくれた。
私は、晴翔さんを信じていればいいだけ。
だから、誰になにを言われても、自分の想いを見失わずに堂々としていよう。

第四章　Final approach

一、揺るがない想い

季節は、秋の終わりを感じる頃。

十一月も半分が過ぎ、私は誕生日を間近に控えていた。

「美羽の誕生日の前日まではパリにいるけど、十二月五日には羽田に戻るから一緒に過ごそう。といっても、二十時着の便だから会えるのは夜だけだが……」

晴翔さんは月末にパリに飛び、戻るのは私の誕生日当日の夜。

けれど、私に会う時間を作ってくれるつもりのようだった。

「充分だよ。長時間のフライトのあとなのに、会う時間を作ってくれるだけですごく嬉しい。ありがとう」

「美羽の生まれた日なんだから、俺が一緒に過ごしたいだけだよ」

相変わらず甘やかし上手な彼に、少しずつ甘えられるようになってきた気がする。

もちろん、まだまだ緊張したり遠慮したりすることもあるものの、以前よりもずっと親密になれている。

晴翔さんと付き合うことになって、もうすぐ半年。

私たちは、スケジュールが合わない日が多いなりに時間を作り、わずかな時間でも一緒にいるようにしていた。

今日は私が中番で、彼は午後からのスタンバイ。

晴翔さんが車で迎えに来てくれ、私の家の近くのカフェでブランチを摂り、今は羽田空港に向かっているところだ。

「当日はたいしたことはできないけど、オフの日にどこか行こう。雰囲気のいいレストランを探しておくよ。せっかくだし、近場で泊まってもいいな」

「ふふっ、楽しみだな。あ、でも当日はどこにも行かなくていいからね」

「え?」

「だって、晴翔さんは夜の便で戻ってきても、すぐには帰れないでしょ? そのあとご飯を食べに行くと遅くなるし、それよりゆっくり休んでほしいの」

ハンドルを握る彼は、前を向いたまま瞳を緩める。

「だから、その日は本当に一緒にいてくれるだけで充分だよ。ご飯はどこかでテイクアウトするか、ピザとかどうかな? たまには楽しそうじゃない?」

「美羽は欲がないな。誕生日くらい、あれがしたい、これがしたいって、わがままを言えばいいのに」

眉を寄せる晴翔さんは、なにを思ってそんな風に言うのだろう。

そもそも、私にとっての一番のわがままは叶えてもらえるのだから、それだけで本当に充分なのだ。

「私は晴翔さんと一緒にいられるだけで幸せだし、誕生日は会えないと思ってたから会えるだけで本当に嬉しいよ。それに、夜の便で戻ったあとに時間を作ってもらえるなんて、すごく贅沢だしわがままだよ」

彼が「可愛いわがままだな」と苦笑を零す。

「わかった。じゃあ、美羽の誕生日は美羽の厚意に甘えることにする」

「うん」

「でも、そのあとの誕生日デートでは俺に思い切り甘えてもらうよ？」

晴翔さんは羽田空港の駐車場に車を停め、エンジンを切って私を見た。

優しい笑顔を受け止め、今でも充分甘やかしてもらってるんだけどな……なんて思いながらも、彼に満面の笑みを返す。

「じゃあ、お言葉に甘えます」

生まれて初めて、恋人と過ごす誕生日。

少し先の未来に浮かれた直後、伸びてきた手が私の後頭部を掴み、唇を奪われた。

「はるっ……ん、ッ！」

チュッ、とリップ音が鳴って離れた唇が、また私の口を塞ぐ。

唇の感触を楽しむように啄まれ、戯れみたいなキスが繰り返される。

誰に見られるかわからない場所だと、頭の片隅では考えているのに……。甘やかなキスに陶酔する思考は溶かされ、周囲のことなんてどうでもよくなっていく。

「……口紅、取れたな」

ふっと瞳を緩めた晴翔さんが、楽しげに唇の端だけを持ち上げている。

「晴翔さんがキスなんてするから……」

ささやかな反抗心を見せると、額同士をこつんとぶつけられた。

「美羽が敬語を使うからだよ」

「……っ！　い、今のは違うよ！　だいたい、最近は使ってないから！」

ククッと喉の奥で笑う彼は、私をからかっているだけに違いない。

手のひらで踊らされている気がして少しだけ悔しいのに、悪戯な笑顔を見ていると鼓動が高鳴って、胸の奥に甘い熱が広がっていく。

「美羽は、俺とキスしたくなかった？」

「そ、そんなことは……」

「俺はもっとしたい。なんなら、今からベッドに連れ込みたいよ」

「ッ……!?」

耳元で低く囁かれ、肩が大きく跳ねる。

「も、もうっ、晴翔さんっ……！　私たち、これから仕事なんだよ！」

頬がさらに熱くなり、それをごまかすように声を上げたけれど。

「仕事中にも俺のことを思い出してくれるなら、もっとしようか」

晴翔さんはいっそう甘やかな声音で私の鼓膜を撫で、隙だらけだった唇をさらりと奪っていった。

（ああ、もう……！　ずるいっ……！）

彼がこんなに甘い人だなんて、羽田空港にいるスタッフたちの誰が思うだろう。

だいたい、別れ際にこんなことをされてしまったら、離れがたくなってしまう。

ただでさえ、もっと一緒にいたいのに……。

「ほら、行こうか」

そんな私の気持ちを見透かすように、頭がポンと撫でられる。

晴翔さんは車から降りる直前にもう一度キスをしてくれて、唇に彼の名残を感じながら仕事に向かった。


「あら、偶然ね」

「……お疲れ様です」

休憩中、化粧室から出ようとすると、道岡さんと鉢合わせた。

一緒にいるのは彼女と同期のCAで、ふたりの視線が私に突き刺さる。

「晴翔とはまだ付き合ってるの？」

「この子が天堂さんの今カノなんだ。あなた、天堂さんの元カノが麗奈だって知ってて、よく付き合えるよね。麗奈と比べると惨めだろうし、いたたまれないでしょ？」

「やだ、それは言いすぎよ」

クスクスと笑う彼女たちの言葉は、私の心に小さな爪痕を残す。

けれど、それが傷として刻まれることはない。

堂々としていよう、と決めたからだ。

「いいえ、そんな風には思っていません。天堂さんが過去にどなたとお付き合いしていたとしても、私は天堂さんのことを信じていますから」

にっこりと笑った私に、ふたりの顔色が変わる。

言葉に詰まったのも見て取れ、私の態度に意表を突かれたのは明白だった。

これまで、私は一度だって反論しなかった。

なにか言う人は、どうしたって色々と言ってくるわけで。

それにいちいち構っていても仕方がない、とわかっていたから……。

ただ、晴翔さんの想いを信じているからこそ、そろそろ反論のひとつくらいはしようと思ったのだ。

「あなた、CAたちからなんて言われてるか知ってる？」

道岡さんの代わりに、同僚女性が私を睨む。

「男に媚びるのが上手いグランドスタッフ、ですって。その特技で男性のお客様にも色目を使ってるらしいじゃない。天堂さんもこんな女に引っかかるなんて、なんだかがっかりだわ。仕事しか能がないタイプの男だったのかなー」

別に、誰かに媚びたつもりなんてない。

お客様に接するときだって、年齢や性別で差別したことはない。

老齢の方やハンデがある方、小さなお子さんには特に注意深く配慮しているけれど、それはあくまで業務の一環で、こんな言われ方をするような仕事はしていない。

ただ、反論するのもバカバカしくて、私への言葉は受け流した。

けれど、ひとつだけどうしても我慢できないことがある。

「私のことはお好きなようにおっしゃっていただいて構いません。ですが、天堂さんのことを侮辱するような発言は撤回してください」

私はなにを言われても構わないけれど、彼への言葉だけは聞き捨てならなかった。

「なっ……なによ、偉そうにっ！」

「もういいわよ、放っておきましょ。たまたま晴翔の気まぐれが長く続いてるだけなんだし、どうせもうすぐ別れるわよ」

道岡さんはそう言うと、冷たい目で私を見遣り、「早く仕事に戻りなさいよ」と吐き捨てるように放った。

気持ちは収まっていない。

それでも、私は何事もなかったように全力で笑顔を繕い、「失礼します」と言い置いてこの場を離れた。

（なによ、あれ……！）

晴翔さんのことを悪く言われたのが悔しくてたまらない。

ここでどれだけ腹を立てても仕方がないけれど、自分のことを言われたときは気にせずにいられたのに、彼への侮辱は許せなかった。

ただ、悪口の矛先が私から晴翔さんに向かうのも仕方がないのかもしれない。

ここ最近、私たちが付き合っているという噂がさらに広まっているらしく、特に女性スタッフたちの耳にはしっかりと届いているようだった。

これまでは道岡さんから色々と言われるだけだったけれど、さきほどのように彼女以外の女性スタッフからの当たりがきつくなっている。

それはCAだけにとどまらず、グランドスタッフも同様だった。

仕事中、更衣室、休憩中の食堂や化粧室。

みんながみんなそうというわけではないものの、私の顔を見るなり不躾な言葉をかけてくる人が少なからずいる。

『どうやって落としたの？　やっぱり体とか？　春川さん、スタイルいいもんね』

『春川さんから言い寄ったんでしょ？　どんな風に近づいたの？』

『随分上手く取り入ったよね。清純そうなふりして意外とあざといんだ』

そんな言葉はもう聞き飽きたほどで、そのたびに曖昧に笑ってごまかしている。

華と愛子ちゃんと一緒にいるときには面と向かっては言われないけれど、今日みたいにひとりだとよく今みたいなことは起こった。

とはいえ、意外と堪えてはいない。

同僚の中にはあからさまに態度を変えてくる人もいて、多少仕事がやりにくくなった節はある。ただ、幸いにしてお客様への業務には支障を来していないため、まあいいか……と思えるようになったくらいだ。

それに、今まで通りでいてくれるスタッフも複数いるし、そういう人たちは『気にすることないよ』とか『応援してるね』なんて言って励ましてくれている。

だから、落ち込んだり悲観したりするほど、ひどい状況じゃない。

なにより心強いのは、華と愛子ちゃんが味方でいてくれるのと、晴翔さんの存在。

彼に不安を打ち明けることができたあとからは心が軽くなり、周囲の声よりも私を支えてくれる大切な人たちだけを信じて堂々としていようと決めた。

そういう思考に切り替えた途端、道岡さんの言葉が気にならなくなり始め、ついには傷つくこともなくなった。

むしろ、憧れのCAとして注目を浴びている彼女が、陰では陰湿なことばかり言う人だったという事実を前に、なんとも言えない気持ちになったほど。

滑稽だとか可哀想だとか、そんな風に見下すつもりはない。

それでも、本性を知る前に抱いていた尊敬の念は消えた。

だからこそ、今も傷ついたり悲しんだりするのではなく、悔しさだけが強く心にあるのかもしれない。

(悔しいけど、今は気にしない。もうすぐ仕事に戻るんだから笑顔でいなきゃ!)

今日は、晴翔さんもこの空港内のどこかにいる。

たとえ会えなくても、同じ場所に彼がいると思うと自然と笑みが戻ってきた。

＊＊＊

翌週の水曜日の夜。

「ちょっと早いけど、美羽の誕生日を祝って」

乾杯の音頭を取った華が、満面の笑みでハイボールのジョッキを掲げた。

「かんぱーい!」

直後、ビールジョッキを持つ愛子ちゃんと、カクテルグラスを片手にした私の声が綺麗に重なった。

「あー、仕事のあとの一杯が至福だわー!」

「わかります! この一杯が最高なんですよね~」

アルコールを喉に流し込んだ彼女たちを前に、クスッと笑ってしまう。

普段はあまり飲まない私も、今日のカシスオレンジは格別においしく感じた。

「三人でゆっくり会えるのって、ちょっと久しぶりですよね」

「シフトがすれ違いばっかりだったからね。ふたりでならまだ会えるけど、シフト制の職場で働く三人で集まろうとすると、なかなか難しいよね」

「でも、美羽さんの誕生日の前に予定を合わせられてよかったです」

「ふたりとも、ありがとう」

華は遅番明け、愛子ちゃんは明日が早番だというのに、ふたりとも私の誕生日を祝うために私の休みに合わせて都合をつけてくれた。

今日はいつもの四六時中ではなく、イタリアンバルでコースを頼んでくれている。

前菜のシーザーサラダに始まり、アヒージョや生パスタ、定番のマルゲリータに至るまで絶品だ。

その上、ふたりはそれぞれにプレゼントまで用意してくれていた。

華からはＬＩＬＡのスキンケアセット、愛子ちゃんからは可愛いルームウェアをもらい、笑顔でお礼を言った。

「天堂さん家でお泊まりするときに着てくださいね」

「私のは、その前に肌をピカピカにするためのプレゼントだからね」

からかうような口ぶりのふたりにも、笑みが零れる。

いくら堂々とすると決めたとはいえ、職場では周囲のあからさまな態度に疲れてしまうことはあった。

女性特有のしがらみのようなものにうんざりし、ごくたまに落ち込むこともある。けれど、華と愛子ちゃんのように変わらずにいてくれる人たちもいるから、私は負けずにいられるのだ。

「本当にありがとう」

「お礼はもういいから」

「そうですよ。私だって誕生日のときにお祝いしてもらいましたし」

「うん、それもあるんだけどね……ふたりとも、私と一緒にいると冷ややかな目で見られることだってあるのに、変わらずにいてくれるでしょ。本当に感謝してるんだ」

笑っていた彼女たちは顔を見合わせ、それから私に優しい瞳を向けた。

「私はそもそも群れるのが好きじゃないから、別に気にしてないよ。つまらない人たちより、美羽や愛子といる方が百倍は楽しいしね」

「同感です。それに、私は将来パイロットと結婚するための予行練習だと思ってますから、むしろこの状況はいい機会です。女の嫉妬くらいどうってことないですしね」

あっけらかんとしたふたりにつられて、私も笑ってしまう。

「美羽、いい意味で変わったよね。堂々としてるし、顔つきも逞しくなったよ」

「華と愛子ちゃんのおかげだよ。ふたりがいつも通りでいてくれるから、嫌な言葉は気にしないでいられるんだ」

「私たちより天堂さんの存在が大きいくせにー」

「そうですよ！　女の友情より恋人の存在のおかげです」

「私は真剣に言ってるんだよ？　本当にふたりのおかげだと思ってるんだからね」

「冗談よ、冗談。ほら、もっと飲もうよ」

「美羽さんも今日は付き合ってくださいよ？　イケメンかつ将来有望なパイロットを射止める方法を伝授してもらいますからね！」

「そんな方法、私も知らないよ」

三人の明るい笑い声が響く。

華と愛子ちゃんの存在を頼もしく思い、そして感謝の念が尽きない。

私も、どんなときでもふたりの味方でいよう、と密かに心に誓った。

二、コックピットより君を想う　Side Haruto

十一月も終わりを迎える頃。

「グランドスタッフと付き合ってるって噂だけど、本当のところはどうなんだ？」

青森《あおもり》空港から戻ったばかりの俺に「お疲れ」と言うや否や、佐藤が興味本位丸出しの笑顔を寄越してきた。

その質問に、自分の顔色が変わったことを自覚する。

すぐに美羽のことが心配になったのは、彼女は付き合う前から俺と親しいところを見られたくないようだったことを知っているから。

それが俺自身の問題ではなく、〝パイロットと付き合っている〟という状況に対してだと理解していたし、美羽の気持ちはわからないでもなかった。

女性スタッフが多い職場では、パイロットと親密なだけで注目を浴び、ときには好奇や嫉妬の目にさらされる。

彼女がそれを避けたがっているのは察していた。

だから、俺たちの関係を知っているのは、美羽の同僚で仲がいい高井戸さんと日野さんだけ。

彼女いわく、そのふたりは『周囲に言い触らしたりしないから』とのことだった。

「どこで聞いた？」

「天堂が素直に反応するなんて珍しいな」

「そんなことはどうでもいい。その噂はどこで聞いたんだ？」

周囲に人の気配がないのをいいことに思わず詰め寄ると、佐藤が苦笑を漏らした。

「相手は春川さんだっけ？　グランドスタッフの子だろ？　ちょっと前にCAがふたりで一緒にいるところを見たらしいぞ。お前の車に乗ってたとかなんとか……」

「……そうか」

「CAが知ってるってことは噂が回るのも早いだろ。現に俺の耳にも入ってきたくらいだし、CA以外にももう結構広まってるみたいだけど」

美羽は大丈夫だろうか、と頭に過る。

俺は別に噂なんて気にしないが、彼女はきっとそうは言っていられないだろう。

「天堂、本当になにも知らなかったのか？　俺以外のパイロットでもわりと知ってる奴がいるみたいなのに」

「噂なんて興味がないからな。だが、少しは興味を持っておけばよかったよ」

今日ほど、噂話に見向きもしなかったことを後悔した日はない。

後輩から相談される機会が増えたとはいっても、和気藹々と世間話をするような間柄の人間はいない。

一番よく話す佐藤とだって、噂話なんてすることはほとんどなかった。

「滅多に世間話をしないのが仇になったな。でも、天堂がそこまで言うってことは本気なんだろ？　まあ、そもそもお前は遊びで女と付き合うタイプじゃないけど」

「教えてくれて助かった」

「おう。今度なにか奢れよ」

佐藤は、からかうようなこともよく言うが、本来は頭がキレるタイプだ。

俺の様子から深刻さを察したらしく、小さな冗談をひとつ置いて立ち去った。

色々と考えたいことはあるが、今はただ美羽のことが心配で仕方がなかった。

その夜、美羽に電話をかけるとすぐに愛らしい声が聞こえた。

「誕生日パーティーは楽しめた？」

『うん！　盛り上がりすぎて、さっき帰ってきたばかりなんだ』

彼女は今日、高井戸さんたちに誕生日を祝ってもらうと言っていた。

飲み会は楽しかったようで、美羽の声音からは普段と変わった雰囲気はない。

ひとまず安堵したものの、安心し切れたわけではなかった。

『地上勤務の私じゃ、晴翔さんの大変さを理解できないし、分かち合うこともできないんだなって思って……』

ふと脳裏に過ったのは、二か月ほど前に美羽が口にした言葉。

そんなことを思ったのは、誰かに言われた言葉がきっかけだったようだった。

もしかしたら、あれは今回の前兆だったのかもしれない。

彼女は誰に言われたのかまでは口にしなかったため、恐らく言いたくないのだろうと踏んで追及はしなかったが、あのときにもっと訊いておくべきだっただろうか。

『料理もすごくおいしくて、食べすぎちゃった。明日は仕事のときに動けないかも』

ただ、今はこの話題に触れずにいたかった。

今日のことを話してくれる美羽の声は喜びでいっぱいで、高井戸さんたちと楽しい時間を過ごしたのが電話越しでも伝わってくるから。

幸せそうに話す美羽に、今わざわざこのことを話す必要はないと思った。

「俺も、高井戸さんたちに負けないようにしないといけないな」

『え?』

「美羽のバースデーデートだよ。どんなものにしようか、ずっと考えてるんだ」

『ありがとう、晴翔さん。本当に嬉しいよ。でも、私は晴翔さんと一緒にいられるだけで幸せだから、無理はしないでね？』

俺を気遣ってくれている彼女は、本当に欲がない。

付き合ってから今まで、わがままを言われたことは一度もなく、いつもどんなときでも俺を慮ってくれる。

そういう優しさを嬉しいと感じる反面、もっと甘えてほしくてたまらなくなる。

「無理なんてしてないよ。好きな子に喜んでほしいだけだし、どんなデートプランにしようか考えてる時間も楽しいんだ」

我ながら恥ずかしい言葉だな、と自嘲しつつ、嘘はひとつもなかった。

美羽が好きだからこそ、少しでも喜んでほしい。

彼女のために使う時間なら、一秒だって惜しくない。

柔らかくて明るい笑顔、俺の意地悪な言葉に困惑する顔。

ふとした瞬間に見せる、少しあどけない表情。

照れながらキスに応えてくれる姿、そしてベッドの中の濡れた瞳。

どんなときでも愛おしくてたまらなくて、心はいつだって彼女の一挙手一投足に振り回されている。

美羽に会えば幸福感で満たされるのに、別れ際の切なさは胸を締めつけ、彼女の寂しげな表情にはたまらなくさせられる。

美羽と離れたくなくて、彼女を離したくなくて、一秒でも長く傍にいたい。

俺はきっと、病的なまでに美羽に恋をしている。

ここまでの気持ちは、彼女を好きになるまで知らなかった。

『晴翔さん』

「ん?」

『私はやっぱりすごく幸せだよ』

電話越しの美羽が遠い。

今すぐに会いたくてたまらなくて、どうしようもないほどの寂寥感に襲われた。

けれど、それを隠した声で彼女に応える。

「俺も美羽が恋人で幸せだよ」

夜の静寂が、寂しさを煽る。

「美羽。今度ゆっくり会えるときは、いつもよりももっと甘やかして離さないから覚悟しておいて」

『うん……』

そんな気持ちを甘いセリフでごまかし、名残惜しさを押しのけて通話を終えた。

＊＊＊

それから二日間は、中番の美羽と一緒にカフェで朝食を摂り、彼女を羽田空港まで送り届けた。

美羽はオフの俺が空港まで行くことに申し訳なさそうにしていたが、こうすることでふたりで過ごす時間が取れるのなら問題なんてない。

むしろ、彼女に少しでも会えることが嬉しかった。

その翌日は美羽が早番だったため、午後から会うことを提案したけれど……。彼女は次の日の午前の便でパリに飛ぶ俺を気遣い、それを受け入れなかった。

美羽の方が八歳も年下なのに、わずかな時間でも会いたがっている俺の方がまるで子どもみたいで、呆れ交じりの苦笑が漏れた。

「今日からパリでしょ？」

パリへ発つ日、出勤すると早々に麗奈から声をかけられた。

「ああ」

彼女とは別れたあとも、ときどき業務以外のことを話すときがある。

もっとも、俺から話しかけたことはなく、あくまで相手の言葉に応える形で軽く会話を交わす程度のこと。

「あなたと付き合ってたとき、向こうでデートしたわよね？　ほら、朝食を食べようとしたカフェが閉まってて、ふたりでがっかりしたのを覚えてる？」

麗奈は、俺が別れを切り出した本当の理由を知らない。

だから、今でもこうして付き合っていた頃の話をするのだろう。

「いつも言ってるが、そういう話ならするつもりはない」

同じ職場にいる以上、そしてパイロットとCAという間柄であるからには、別れても多少は業務に関係ない会話を交わすのは仕方がない部分はある。

ただ、こういう話に付き合う気はないということは、彼女に何度も伝えてきた。

にもかかわらず、最近また麗奈がこんなことを口にするようになったのは、なにか思惑があるのかもしれない。

それくらいのことは考えていた。

「ねぇ、晴翔。あんな子のどこがいいの？　ただのグランドスタッフで、別に取り柄もなさそうだし、容姿だってたいしたことないじゃない。なにより、地上勤務のあの子より私の方が晴翔の仕事を理解できるし、共感だってできると思う」

だからこそ、彼女の言葉に驚くことはなく、むしろ人気ない場所で声をかけられたのはこのためだったのか……と呆れたような気持ちになった。

「あの子のことはどうせ気まぐれなんでしょ？　私たち、そろそろやり直さない？」

にっこりと笑みを浮かべた麗奈を前に、嫌な予感が脳裏を掠める。

「……美羽につまらないことを言ったのは道岡だったのか」

言葉尻と顔つきから確信を抱くと、彼女がふっと鼻で笑った。

「あの子、偉そうなことを言ったって結局は晴翔を頼るのね。どんな風に聞いたのか知らないけど、私は本当のことしか言ってない。私を責めるのはお門違いよ」

「美羽は道岡のことはなにも言ってない。悪口を言うような人間じゃないからな」

すかさず否定しながらも、胸の奥に黒い感情が広がっていく。

幻滅ならとっくにしていた。

その感情がより大きくなり、ふつふつと怒りが湧いてくる。

「道岡が俺と付き合ってた理由がステータスのためだったのは知ってる」

「えっ……？」

「それに関して今さらどうこう言うつもりも、憎しみも恨み辛みもない。俺にとっては道岡とのことはもう過去で、それ以上でもそれ以下でもないからだ」

「ステータスのためだなんて……私は……」

動揺をあらわにした麗奈は、それでもなお言い訳を並べようとしたけれど。

「だが、美羽を傷つけるのなら容赦しない。俺の一番大切なものを傷つける人間は、誰だろうと許さない」

俺は、怒りを隠さずに彼女を睨み、低く唸るように告げた。

「な、んで……っ」

麗奈の顔が歪む。不満や苛立ちが混ざった彼女の瞳が、俺を見上げた。

「私の方が絶対に晴翔のことを理解できる！　それなのに、どうしてあんな子……」

「俺は本当に見る目がなかったのかもしれないな」

自分自身への落胆と、鎮め切れない怒り。

それらを込めた呟きが自然と落ちた。

呆然とした顔でいる麗奈を見て、話すことすらバカバカしく感じる。

「道岡〝さん〟。今後一切、俺と美羽には業務以外で話しかけないでください」

決して超えられない一線を引いたことを暗に告げ、彼女に背を向ける。

「晴翔……！」

俺を呼び止める声が聞こえても、振り返ることはなかった。

その後、ブリーフィングが始まる頃には仕事に集中し、フライトも順調だった。

羽田空港からパリのシャルル・ド・ゴール国際空港までは、およそ十三時間。

着陸直前に上空での待機指示が出たため、到着時刻こそ十五分ほど遅れたが、それ以外にトラブルなどはなかった。

「仕事が終わったらちょうど夕飯時だな。ふたりともどこかで一緒に食べないか」

俺を含めた三人のパイロットのうち、ひとりは栗原さんだ。

羽田空港を離陸したのは午前中だったが、パリとの時差は八時間あるため、現地に着いたばかりの今は十七時前である。

「はい、ぜひ」

彼からの誘いを受けた俺を余所に、もうひとりのパイロットは「少し疲れたからまたの機会に」と笑顔で断っていた。

途中で交代していたとはいえ、長時間のフライトは過酷だ。

パイロットによっては休息を最優先し、現地のホテルにチェックインしてすぐに睡眠を取る者も少なくはない。

「じゃあ、天堂とふたりで行くか。食べたいもの、考えておけよ」

その言葉に頷き、栗原さんたちとキャビンを確認してから飛行機を降りた。


パリで過ごしている間は、妙に長く感じた。

昨日も今日も美羽とは電話をしたが、やっぱり物足りない。

彼女の顔を見て話し、直接肌に触れたい……なんてことばかり考えてしまう。

パリの街を行き交う人たちの中に恋人や夫婦が多いように感じるのは、美羽のことばかり考えているせいだろうか。

ひとりで歩いていると虚しささすら抱きそうで、重症だな……と自嘲がこもった微笑が零れた。

そんなとき、見慣れた街の一角にある店が目に入った。

高級ジュエリーブランドの名前が掲げられたそこには、これまでは特に興味も用事もなく、入ったこともない。

いつもなら、このまま通りすぎていただろう。

そんな俺の脳裏に浮かんでいたのは、彼女の愛らしい笑顔。

通りを進むはずだった足は、自然と店の中へと向いていた。

店内に入ると、女性コンシェルジュに丁重に出迎えられ、美しいフランス語でもてなしてくれた。

美羽の誕生日プレゼントには、すでに腕時計とネックレスを用意してある。リクエストを訊いたら『なにもいりません』と言われてしまったため、誕生日当日の夜と、後日誕生日デートをする日に渡そうと、あえてふたつ購入した。

きっと、彼女は困ったような顔をして、そのあとで嬉しそうにしてくれるだろう。

そんなことを思う俺の視界には、様々な光を放つジュエリーが並んでいる。

コンシェルジュの説明に相槌を打ちながら、せっかくだから美羽へのプレゼントになにか購入しようかと考えていると、ふと視線が止まった。

それは、どのジュエリーよりもひときわ美しい光を纏う、ダイヤモンド。

ジュエリーではなく、ダイヤモンドそのものだけの姿でそこに置かれていた。

世界を飛び回っていれば、様々なものを目にする機会がある。

日本にいるだけでは見られなかったであろう綺麗なものにも出会ってきたし、そのたびに感動だってした。

そのどれとも似つかないが、それらとはまた違った美麗さに見入ってしまう。

宝石にもジュエリーにも興味はないのに、目が離せない。

美羽に似合うだろうな、と自然と考えた直後、コンシェルジュに声をかけていた。

喜んでくれるだろうか。

それとも、ただ驚かせてしまうだろうか。

彼女の反応を想像するだけで笑みが零れ、会いたい気持ちがより強くなる。

パリを発つのは明日の夜遅く。

美羽に会えるのはそこからさらにあとのことだが、彼女への想いが俺の心を逸らせた。


翌日の夜は、よく晴れた空が広がっていた。

といっても、星が多く見えることはなく、月だけが存在感を放っている。

定刻通りにシャルル・ド・ゴール国際空港を発ったJWA803便は、順調に航路を飛び続け、西洋の空を超えて羽田空港へと向かっていた。

空はフライトを手助けするように雲が少なく、気流の乱れもほとんどない。

往路よりも復路の方が飛行時間はもともと一時間ほど少ないが、このままいけば往路のときに反して少し早く着陸できるかもしれない。

「今日は空が静かだな。ここまで順調すぎるくらいだ」

「はい。気流も安定してますね」

「まあ、気は抜けないがな。でも、羽田まであと少しだ。もう一息頑張ろう」

栗原さんの言葉に、「ラジャー」と首を縦に振る。

着陸は約三十分後。

機体は、夜空に浮かぶ月といくつもの星の中を抜けるように本州の上空を翔ける。

もう少しで羽田空港に到着すると思うと、自然と息を深く吐いていた。

刹那、コックピットに警告音が響いた。

「なんだっ……!?」

けたたましい音が耳をつんざき、栗原さんの声とともに一気に緊張感に包まれる。

中央の計器には、黄色の文字で警告メッセージが表示されていた。

「Tokyo control, Japan Wing Air803——」

すぐさまATCとコンタクトを取る彼の横で、異常の原因を必死に探す。

「天堂、どうだ?」

栗原さんとATCとのやり取りを聞きながら、すべての計器をくまなく確認していくと、エンジンに異常があることがわかった。

「左エンジンが原因のようです」

「エンジンだと!?」

状況を把握するまでに、そう時間はかからなかった。

左エンジンから煙が出ていることが発覚し、栗原さんの指示で左エンジンの出力を絞って停止させる準備に入った。

片方のエンジンしか使えないため、機体がエンジンを停止させた左側に流されないように操縦桿を右に切って安定させなければいけない。

すでに着陸態勢に入っていた機体は、高度を下げ始めている。

この状態で片方のエンジンを停止させる以上、風の影響を大いに受けるはずだ。

そう考えた直後、コックピット内が大きく揺れた。

羽田空港はもう目の前。

栗原さんは冷静そうに見えるが、その横顔に緊迫感を滲ませている。

俺も平常心でいるように努めてはいるが、心は存外正直だったようだ。

パイロットになって初めて恐怖を感じ、身が竦むような感覚に包まれた。

その瞬間、脳裏には美羽の笑顔が過った——。

三、涙のあとには最高のプロポーズ

季節は、空気が冷たい冬。

十二月五日の今日、私は二十六歳の誕生日を迎えた。

とはいっても、早番だった今朝も普段通りに起床して出勤し、トラブル対応のために空港内を走り回っていた。

後輩の代わりにクレーム対応にも入ったため、なかなかに疲れる一日だった。

けれど、今は解放感でいっぱいで、このあとが楽しみで仕方がない。

(もうすぐ晴翔さんに会える……!)

胸の奥から込み上げてくる喜びが隠せなくて、家にいても落ち着かなくて、予定よりもずっと早くに羽田空港に着いてしまった。

晴翔さんが乗っている飛行機、JWA803便はあと三十分もすれば到着するだろう。

彼の業務がすべて終われば、ようやくふたりきりで過ごせる。

ただ、早く着いてしまったせいで展望デッキにいるうちに体が冷えてしまい、一旦ターミナルビル内に戻ることにした。

日が暮れた空港は、昼間よりも人が少ない。

着陸後も晴翔さんとはすぐに会えないとわかっているため、カフェにでも入ろうかと考えたとき。

「美羽さんっ……！」

前方から、愛子ちゃんが駆け寄ってくるのが見えた。

彼女の表情に笑顔がないことから、トラブルでもあったのかもしれないと察する。

「どうしたの？　なにかあった？」

「会えてよかった……。ちょっとこっちに来てください」

愛子ちゃんはわずかに息を乱しながら、すぐ傍の柱の陰に私を引っ張った。

ふと、嫌な予感が過る。

早番だった私は、とっくに仕事を終えている。

にもかかわらず、中番の彼女が勤務中にわざわざ私に声をかけてきた。

それも、ただ挨拶をする雰囲気でも、談笑をする気配もなく……。顔つきを見ても、いつもの明るい笑顔はない。

不安を煽るには、充分な要素が並んでいた。

「落ち着いて聞いてください」

思わず息を呑んでしまう。

早く聞きたいような、けれど聞くのが怖いような感覚が心を包み、思わず息を呑んでしまう。

「う、うん……」

愛子ちゃんは自分も落ち着くためか、息をゆっくりと吐いた。

「ついさっき……WA803便にエンジントラブルが起こったそうです」

彼女の声が鼓膜に届いた瞬間、心臓が大きな音を立てた。

バクバクと鳴る鼓動が、頭の芯にまで鮮明に響く。

理解が追いつく前に恐怖が芽生え、息が苦しくなって……。気がつけば、足が震えていた。

「……っ！　エ、エンジントラブルって……」

「詳しくはまだ……。情報が入ってきたばかりみたいなので……」

「で、でも……大丈夫なんだよね？　だって、もうすぐ到着するはずだし……」

自分でもなにを言っているのかよくわからない。

困惑と不安、そして言いようのない恐怖。

濁流のごとく押し寄せてくるそれらの感情を処理し切れず、頭は状況を把握するどころか混乱していくばかり。

「すみません……。中途半端な情報は余計に不安にさせるとは思ったんですけど、居ても立ってもいられなくて……」

愛子ちゃんは、勤務時間中にもかかわらず、この情報を伝えるために私を探しに来てくれたようだった。

「でも、美羽さんは今日は天堂さんと会うって言ってましたし、きっと展望デッキあたりにいるんじゃないかと思って」

ここまでは理解できたものの、あとはなにを言われているのかわからなかった。

「……美羽さん？　美羽さん！」

「ッ……！　ご、ごめん……。ちょっと混乱して……」

「すみません、私はもう戻らないといけなくて……」

彼女は『お手洗いに』と言って抜け出してきたらしく、申し訳なさと心配を同居させた顔で腕時計を気にしている。

「う、ううん……。私の方こそ、気がつかなくてごめんね。私は大丈夫だから仕事に戻って。わざわざありがとう」

なんとか笑顔を繕ったつもりだけれど、上手く笑えたのかわからない。

心配そうな顔のままの愛子ちゃんは、「きっと大丈夫ですよ！」と励ましてくれ、急いで仕事に戻っていった。

その後ろ姿をぼんやりと眺めていた私は、ハッとして足を踏み出す。

とにかく歩き出したけれど、不安と恐怖のせいで混乱している思考が働いてくれなくて、どこに行けばいいのか判断できない。

意味もなくバッグからスマホを取り出そうとしたところで、IDカードが入ったままだったことに気づき、次の瞬間には足早に空港内を駆け抜けていた。

もたつく手でIDカードをかざしてオフィスフロアに入ると、すぐに見覚えのある人と鉢合わせた。

「道岡さん！」

業務以外で自分から声をかける日が来るなんて、考えもしなかった。

ただ、今はどんな手を使ってでも、些細な情報だけでも欲しかった。

「……今、一番見たくない顔だわ」

道岡さんは、慌ただしい運送部門のフロアから出てきたばかりのようで、私を見た瞬間に嫌悪感をいっぱいにした顔で眉を寄せた。

「JWA803便が今どうなってるかご存知ですか!?」

「……あなた、その格好ってことは勤務中じゃないんでしょ？　どこで聞いたのか知らないけど、さっさと帰りなさいよ」

冷たく跳ねのけた彼女が、私を見下ろしたままため息を零す。

「そもそも、私がなにか知っててもあなたに教えると思う？」

私の質問に答えてもらえないことは、最初から予測していた。

すんなりと情報をくれるような人なら、晴翔さんの件で私にあんなにも突っかかってくることはなかっただろう。

それでも、私だってなりふり構っている暇はない。

地上にいる私には、彼の無事を確かめる術はないのだから……。

今の私よりは、きっと道岡さんの方が情報を持っているはず。

淡い期待を抱え、彼女の双眸を真っ直ぐ見据えた。

「教えてください！」

「だから――」

「なんでもいいんです！　今の状況がわからなくても、些細なことでもわかるなら教えてください！　お願いします!!」

必死に言い募り、頭を深々と下げた。

道岡さんからこれまでに言われたことなんて、もうどうでもよかった。

晴翔さんの現状に対する手掛かりは、ここで尋ねるほかなかったから……。

「あなた、プライドとかないの？」

「そんなもの、今は別に必要ありません。大切な人の安否を知れるのなら、土下座でもなんでもします」

「……呆れた。付き合ってられないわ」

顔をしかめた彼女が、うんざりしたように息を吐く。

「私も詳しくは把握してない。さっき到着した便に乗務してたし、ここに戻るまでなにも知らなかったから」

落胆と同時に、恐怖心がさらに大きくなる。

「エンジンから煙が出てるって話だったけど、知ってるのはそれくらいよ」

「えっ……」

エンジンから煙が出ているということは、出火している可能性もあるはず。

ＪＷＡでは、過去に大きな事故は起こっていない。

ただ、エンジントラブル自体はごく稀にある。

とはいえ、だいたいは大事には至らないか、離陸前に発覚して事なきを得る。

少なくとも、私が入社してからは煙が出るようなトラブルはなかった。

「あなたが動揺したってなにもできないんだから、大人しく帰りなさいよ」

道岡さんは私を一瞥すると、ぶっきらぼうに言い残してこの場から立ち去った。

どこに行けばいいのかわからず、第二ターミナルの展望デッキに戻る。

そこには人の姿はなく、ランウェイを照らすライトやその向こうに広がる街の灯りだけが煌々と輝いていた。

（晴翔さん……。お願い……無事でいて……）

なんて無力なんだろう。

今はただ、晴翔さんの無事を祈ることしかできない。

地上と空の距離を今日ほど感じたことはなく、膨らみ続ける不安と恐怖心に心が呑み込まれてしまいそうになる。

目を凝らして夜空を見上げても、戻ってくるのは求めている機体じゃない。

（早く……早く戻ってきて……！）

両手を胸の前で握り、ただただ祈り続ける。

自然と込み上げてくる涙が視界を歪め、ランウェイもライトも小さく揺れる。

怖くてたまらなくて、気づけば涙が頬を伝っていた。

冷たい風が肌を撫で、温かい涙を冷やしていく。

けれど、寒さやひとりぼっちの心細さを忘れるほどに心は恐怖に埋め尽くされ、彼のことしか考えられない。

少しずつ息苦しくなっていき、喉の奥が絞まったような感覚にも襲われる。

ヒュッ……と喉が鳴り、酸素が足りていないことに気づいても、呼吸の仕方が思い出せない。

そのときだった。

「……ッ！」

空を見上げていた視線の先に、一機の機体を捉えた。

握っていた両手にさらに力がこもり、必死に目を凝らす。

少しずつ大きくなっていくジャンボジェット機の左エンジンからは、微かに煙のようなものが上がっているのが確認できた。

（JWA803便……！　晴翔さんが乗ってる飛行機だ……！）

無事を祈ることに必死すぎて、唇を噛みしめる歯に力が入る。

両手には自分の爪が食い込み、体が大きく震えていた。

着陸態勢に入ったJWA803便が、ランウェイにランディングギアを着地させる。

一瞬、機体が大きな衝撃を受けたことが見て取れ、全身がビクッと強張る。

緊張感と恐怖心で喉の奥から酸っぱいものが込み上げそうになり、呼吸を忘れていたことに気づいた。

咽せそうになりながら息を吐くと、機体はランウェイの上で徐々に減速し、そのままゆっくりと停止した。

少しでも近くに行きたくて、震える足をなんとか踏み出す。

足がもつれそうになって、何度もつまずく。

転びそうになりながらも展望デッキの端の方にたどりつくと、JWA803便から乗客たちが慌てて降りてくる様子が見えた。

普段はボーディングブリッジを使って乗降するけれど、エンジントラブルという状況により、JWA803便はターミナルビルから離れた場所で停まっている。

随分と距離があり、コックピットの様子は目視では確認できなかった。

「無事……なんだよね……？」

誰に訊いたわけでもない言葉が、ひとりきりの展望デッキに落ちていく。

それは強い風にさらわれ、どこかに消えた。

まだ油断できないとわかっていたのは、先に乗客やクルーを降ろすから。

パイロットは、すべての乗員乗客が機内に残っていないことを確認し、最後に飛行機を降りるのだ。

左エンジンからは煙が上がったままで、JWA803便の周囲には厳戒態勢が敷かれ、救急車や消防車が待機している。

飛行機から降りてバスに乗り込む乗客たちのあと、ようやく複数のCAの姿が見え、次いでパイロット制服を着た人たちも降りてきた。

多くの人と車両の中で、ほんの一瞬だけ晴翔さんの姿が確認できた。

彼はしっかりとした足取りで、栗原さんたちとともに待機していた消防士やスタッフたちと会話を交わし、すぐそばに停められていた自社車両に乗り込んだ。

（もう大丈夫、なんだよね……？）

そう思った瞬間、全身の力が抜ける。

地面にぺたんとお尻をつき、爪痕塗れの両手でまだ震えている体を抱きしめる。

「……っ」

大丈夫だとわかったのに、不安も恐怖も消えない。

晴翔さんの姿や体温を近くで感じていないせいか、安心感が芽生えてこない。

冷たいコンクリートに貼りつけられたように、私はそのまま動けなくなった——。

「美羽っ……！」

呆然としたままだった私の体が、背後からふわりと抱きしめられる。

顔を見なくても、その腕と香りだけで愛おしい人の存在を強く感じた。

「ッ……！　晴翔、さん……」

「こんなに冷えて……。ずっとここにいたのか」

晴翔さんは私の体を抱き上げると、近くのベンチに座らせ、パイロット制服のジャケットを羽織らせてくれた。

「心配かけてごめん……。不安だったよな……」

「愛子ちゃんが教えてくれて……。でも私、どうしたらいいのかわからなくて……」

彼の無事を、ただただ心から祈ることしかできなかった。

不安で、怖くて、苦しくて……。

絶望感に似たものに心が包まれ、気が遠くなるほどの長い時間に思えた。

晴翔さんはそんな私の気持ちをすべて見透かすように眉を寄せ、優しく優しく抱きしめてくれた。

「美羽はここにいると思ったんだ……。こんなに冷たくなるまで心配かけてごめん。本当にすまない……」

彼が悪いわけじゃない。

謝罪なんていらない。

晴翔さんが無事でいてくれただけで充分で、それだけが私の心を救ってくれた。

「美羽、ひとまず中に――」

「エンジントラブルって……」

私を促した声を遮ると、彼が小さく頷いた。

「ああ。原因はまだわからないが、警告音が鳴って左エンジンから煙が出てることがわかったんだ。左エンジンを停止させて着陸した」

晴翔さんが言うには、五分ほど早く着陸できる予定だったところにトラブルが起きてしまい、十二分遅れで着陸したのだとか。

「高度を下げるにつれて風の煽りを受けて、機体が安定しなかったんだ。今夜の羽田周辺は風が強かったから」

「晴翔さんが無事でよかった……。本当に、無事で……っ」

伝えたいことはたくさんあるのに、涙が邪魔をする。

嗚咽が言葉を打ち消してしまう。

「晴翔さんを、失うかもしれないって思うと……すごく怖かった……」

それでも、温もりを感じる腕の中で、涙交じりに必死に伝えた。

「……こういうことは前にも一度あったんだ」

程なくして、彼が静かにそう零した。

「まだコーパイの経験も浅い頃で、幸い今日ほどのトラブルじゃなかったけど、そのときは恐怖心なんかよりも乗客のことを考えることに必死だった。でも――」

晴翔さんがゆっくりと私の体を離し、ためらいがちな面持ちで私を見つめる。

「今日は違った。コックピットで真っ先に浮かんだのは、乗客やクルーのことじゃなくて美羽の顔だった」

彼の瞳が微かに揺れている。

不安や恐怖に似ているようで、少し違う感情が混じっているようでもあった。

「美羽の顔が頭から離れなくて、操縦桿を握りながら美羽のことばかり想ってた」

「晴翔さん……」

「パイロットとしてはよくないことだったのかもしれない。でも、大事な人が――美羽が地上で待ってると思うと、絶対に無事に帰りたいと思ったんだ」

こんなときなのに、晴翔さんの想いが嬉しい。

「これからも、こんな風に不安にさせてしまうことがあるかもしれない。空にいるときはどんなことが起こるかわからないし、操縦桿を握るってことは大きな責任と一緒にリスクも背負うってことだと思ってる」

さきほどまでは怖くてたまらなかったのが嘘のように、胸の中が彼への恋情でいっぱいになる。

「でも俺は、美羽が地上で待っててくれると思うと、きっとどんな困難でも乗り越えていける。だから――」

立ち上がった晴翔さんが、私の前に立ち、地面にゆっくりと片膝をつく。

その表情は、いつにも増して精悍で。

「美羽。俺と結婚してほしい」

真っ直ぐな瞳と私の視線がぶつかった直後、思いもよらない言葉が贈られた。

それは、いつか彼の口から聞きたいと思っていた、永遠を誓う約束。

もし聞けたとしてももっと先のことだと思っていたのに、私を見つめている双眸には一縷の迷いもなく、ただ優しさと愛で満ちていた。

「仕事のことばかり考えてるパイロットの妻なんて、つまらなくて大変なことばかりかもしれない。でも、俺は美羽を全身全霊で愛してるし、これからももっと愛していく自信がある。俺の精一杯で幸せにするって約束もする」

晴翔さんが私に羽織らせてくれていたジャケットから、小さな箱を取り出す。

それを開けた彼の手の中で、幾重にも光を纏うダイヤモンドが輝きを放った。

「だから、ずっとずっと俺の傍にいてほしい」

柔らかな声音にくすぐられた鼓膜が、じんと痺れたように熱くなる。

胸の奥から突き上げてくる喜びと幸福感が、まるで私の全身を包み込むように広がっていった。

晴翔さんは少しだけ困ったような微笑を零し、それから私の耳元に唇を寄せた。

「美羽、返事をくれないか？」

低い声音で落とされた囁きが、彼の存在が、私の心を掴んで離さない。

返事なんてひとつしかなかった。

「はい……」

私のたった一言で、晴翔さんが幸せいっぱいに破顔する。

「パイロットでもそうじゃなくても、私は晴翔さんとずっと一緒にいたいから、これからも隣にいさせてね」

その表情を前に、愛おしさで胸が締めつけられる。

つい一時間ほど前の恐怖心が嘘のように、心は幸福感だけで満たされていた。

ふと、視線を交わしたままの私たちの間に沈黙が下りる。

言葉はもういらない。

そう言わんばかりにどちらからともなく顔を寄せ、ランウェイや展望デッキのライトに囲まれた夜空の下で唇をそっと重ねた。

「ここでの素敵な思い出がまた増えた……」

「え？」

思わず声に出していた私は、不思議そうな顔をした晴翔さんに昔話をする。

何年も前にこの場所で背中を押してくれた、ひとりのパイロットの話。

まばゆくて愛おしい、夏の幻のようだったひとときの思い出。

すると、彼が目を丸くしたあとで、ためらい交じりに口を開いた。

「そのパイロットは俺かもしれない……」

今度は私が目を大きく見開いてしまう。

「そうか。あの女の子は……今、ここにいたのか」

晴翔さんが懐かしげに目を細め、柔らかな笑みを浮かべる。

とても嬉しそうで、優しい眼差しを前に鼻の奥がツンと痛む。

「嘘……」

あのときのパイロットが彼だったなんて、想像もしていなかった。

それなのに……今は、私たちの運命は八年前のあの夏から始まっていたのかもしれない——なんて思う。

「私……あのときに言ってもらった言葉を励みにして、ずっと頑張ってきたの。あの人が晴翔さんだったなんて……運命だって思わずにはいられないよ……」

「ああ、そうだな。運命なんて信じてなかったが、今なら信じられる」

そう言った晴翔さんが、不意にハッとしたように自嘲交じりの微笑を零した。

「美羽、誕生日おめでとう。会ったら真っ先に言うつもりだったのに、先にプロポーズしちゃったな」

照れくさそうな彼の笑顔に、胸の奥がキュンと戦慄いた。

ランウェイの光を背負う晴翔さんの向こうに、何機もの飛行機が見える。

こんなにも飛行機が似合う人も、パイロット制服が似合う人も、彼しか知らない。

けれど、もし晴翔さんがパイロットじゃなくても、私は彼に恋をしていただろう。

だって、私の心は、きっとあの夏からこの男性《ひと》自身に惹かれていたのだから——。

四、幸せのはじまり

冬が過ぎて春を駆け抜け、梅雨が間近に迫った六月初旬。

晴翔さんと私は、『ユウキウェディング』が所有する港区《みなとく》の邸宅で結婚式を挙げた。

明治期の著名な建築家がデザインしたという、西洋建築。

クラシカルな美しさが随所に感じられる建物にはいくつもの部屋があり、その一室で挙式を執り行ったあとは、披露宴を兼ねたガーデンパーティーへと移った。

私は純白のウェディングドレスから赤を基調にした色打掛に、彼も同様に色紋付き羽織袴にお色直しをしたばかり。

私の指には、晴翔さんがプロポーズしてくれた日に贈ってくれたダイヤモンドで施したエンゲージリングと、彼とお揃いのマリッジリングが重なっている。

「美羽さんっ！　本当に綺麗です!!　こんな鉄壁鉄仮面にはもったいない！」

「愛子ちゃんってば……」

「愛子、飲みすぎよ。あんたはあっちで旦那と飲んでなさいよ」

涙を浮かべる愛子ちゃんに、華が呆れたようにため息をつく。

「旦那じゃありません！　あんな軽い奴、もう知りません！」

拗ねた様子の愛子ちゃんは、三か月前からコーパイの佐藤さんと付き合い始めた。

晴翔さんと佐藤さんが同期入社で仲がいいという縁から、ふたりはいつしか関係を育んでいたらしく、二か月ほど前に恋人として紹介されたのだ。

ただ、華いわく、ここに着いたときから女性たちに対して『綺麗だね』と褒めてばかりいる佐藤さんに、愛子ちゃんがご立腹なのだとか。

膨れっ面の愛子ちゃんだけれど、佐藤さんが彼女に夢中なのは第三者から見ているとわかりやすいし、きっとあとで仲直りしたと報告してくれるだろう。

「ところで、天堂さん。可愛い婚約者が妻になった率直なお気持ちとか、ぜひ聞かせていただけます？」

悪戯な笑みを浮かべた華に、晴翔さんがふっと瞳を緩める。

「幸せに決まってるだろう。ドレス姿も和装姿も誰よりも綺麗だし、できれば一刻も早くふたりきりになりたいくらいだ」

柔らかな笑顔の彼が、私の耳元で「な？」と同意を求めてくる。

その瞬間、頬が熱くなり、顔が真っ赤になったのがわかった。

華と愛子ちゃんが顔を見合わせ、呆れたように眉を寄せる。

「……天堂さんって実は二重人格ですよね」

「本当にあの鉄壁鉄仮面ですか？　もしかして、双子とかだったりしません？」

「妻には素顔を見せてるだけだ」

最近の晴翔さんは、以前にも増して甘さを隠さない。

こういうときには、友人たちの前でも彼にドキドキさせられる。

「あー、はいはい。ご馳走様です」

「天堂さんの愛妻家ぶりをたっちゃんにも分けてほしい！」

愛子ちゃんの視線の先にいる佐藤さんは、相変わらず女性と談笑している。

けれど、彼が本気で優しい目を向けるのは愛子ちゃんだけだと、私たちはもう知っている。

だから、あまり心配はしていなかった。

それに、愛子ちゃんは最初から堂々としていたからか、私のときのようにひどい言葉をかけられることはあまりなかったようで、今ではふたりは周囲の公認の仲だ。

そして、同じく私も、徐々に妬みの言葉を受けることはなくなった。

時間の経過はもとより、私の誕生日からしばらく経って晴翔さんがＣＡから私との関係を質問された際、同僚たちもいる中で堂々と婚約を宣言してくれたらしい。

しかも、そのときの彼が今までにないほどの笑顔だったとかで、噂は瞬く間に広まり、少しずつ祝福ムードに変わっていったのだ。

冷たい態度だったCAたちやスタッフも、いつしか元通りの態度になっていた。

「それより三人で写真撮りましょう！」

「そうね。ほら、美羽は真ん中！」

「天堂さん、撮ってください！」

「新郎をカメラマンにするのは日野さんくらいじゃないか。でもまあ、君みたいな子の方が佐藤の相手は務まると思うよ。だから、あんな態度は気にしなくていい」

晴翔さんなりの励ましに、愛子ちゃんが微妙な顔をする。

華と私は、思わず噴き出してしまった。

パーティーは始終笑顔に包まれ、穏やかな幸福感の中で過ごしていた。

その夜、私たちは都内の『グラツィオーゾホテル』のエグゼクティブスイートルーム内にあるベッドの上で、身を寄せ合っていた。

「疲れただろ。今夜はゆっくり休もう」

「ううん。本当に夢みたいな時間だったから、なんだかまだ興奮してるみたい」

「確かに、今日の美羽は本当に綺麗で、こんなに素敵な女性が妻になったなんて夢みたいだったよ」

晴翔さんが私の額にキスを落とし、そのまま唇を合わせてきた。

触れるだけのくちづけでも、胸の中には温かな幸せが広がっていく。

「お義兄さんや結城《ゆうき》さん、それから結城さんの奥様にもお礼を言わなきゃ」

私の誕生日の夜のプロポーズから、まだたったの半年しか経っていない。

にもかかわらず、素敵な邸宅を貸し切ってハウスウェディングができたのは、晴翔さんの兄である蒼さんが親友の結城さんを紹介してくれたから。

結城さんは、ユウキウェディングのＣＥＯで、私たちの結婚式のために尽力してくれた。

「フラワーシャワーも素敵だったよね」

「そうだな。すごく盛り上がってたし、いい案を出してもらえてよかった」

私たちのフラワーシャワーには、ブルーを基調にしたパステルカラーの花びらと紙ヒコーキを使った。

それはまるで、青空を飛んでいく飛行機のようで、本当に素敵だった。

空港で出会い、新郎がパイロットという職業の私たちに、ぴったりだったと思う。

これは、結城さんの奥様の案だったのだとか。

「結城さんの奥様って、元ウェディングプランナーなんだよね？　あんなに素敵な案が浮かぶなんて……。きっと、素敵な人なんだろうな」

晴翔さんは「そうだな」と相槌を打ち、私の頭を撫でてくれる。

優しい手つきに、また幸せが膨らんでいく。

けれど、ふと微かな不安が過った。

愛する彼の妻になれて、今日は人生で一番幸せな一日だった。

お互いの家族との関係も良好で、晴翔さんのご両親もお義兄さんも私を大切にしてくれている。

私の父なんて、私が結婚することと晴翔さんがパイロットだということがあまりにも嬉しかったらしく、『長年の夢が一気にふたつも叶った！』と泣いて喜んだほど。

母いわく、ここ最近の父の口癖は『パイロットの息子ができた』なのだとか。

ところが、こんなにも穏やかな温もりに包まれた環境なのに、なぜか胸の奥で小さな不安が燻ぶっているようだった。

「美羽、どうかした？」

黙り込んだ私の様子から、彼はなにかを察したのだろう。

頭を撫でていた手を私の頬に添え、優しい微笑みを向けられた。

「ううん、なんでもない。幸せすぎて大丈夫かなって、ちょっと思っただけだよ」

明るく振る舞ったのに、晴翔さんは私の不安を見透かすように苦笑を零した。

「もしかして、幸せすぎて怖いって思ってる？」

「……どうしてわかったの？」

「俺も、昼間にほんの少しだけそんな風に感じたから……かな」

目を丸くすると、彼から意外な答えが返ってきて、ますます驚いた。

「でも、すぐに思い直したんだ。これくらいで怖がる必要なんてないな、って」

「え？」

「だって、今日はまだ、幸せのはじまりに過ぎないんだから」

晴翔さんが瞳をたわませる。

「だから、美羽も怖がらなくていい。これから、もっともっと幸せにするから」

「うん」

大好きな優しい笑顔を見ていると、不安なんて一瞬で吹き飛んでいく。

「もちろん、お腹の子も美羽と同じように愛するよ」

彼の手が私の下腹部に伸び、慈しむようにそっと撫でた。

膨らみ始めたばかりのそこには、新しい命が宿っている。

まだ小さな、晴翔さんと私の宝物。

二か月前に妊娠がわかったときから、彼は私のお腹に向かって頻繁に話しかけていて、すでに父性が芽生えているようだった。

幸せそうに赤ちゃんに声をかける晴翔さんは、きっといい父親になるに違いない。

彼のそういう姿を間近で見られるのは、至福の時間でもあった。

晴翔さんと付き合うことになって、今日でちょうど一年。

この一年間で色々なことがありすぎて、今もまだ夢の中にいる気がする。

それでも、彼との時間はすべてが愛おしく、どれも紛れもない現実なのだ。

「新婚旅行は少し先になるけど、三人で行けるのもきっと楽しいだろうな」

「うん、そうだね」

明日から発つはずだった新婚旅行は、妊娠がわかってすぐにキャンセルした。

とても楽しみにしていたから残念な気持ちもあったけれど、こんなにも早く晴翔さんとの赤ちゃんを授かれたことが嬉しくて、落ち込みはしなかった。

そして、彼の提案で『新婚旅行はいつか三人で行こう』と決めた。

一年後か、二年後か。もしかしたら、もっともっと先かもしれない。

そのとき、私たちがどんな日々を過ごしているのかはわからない。

不安になったり悩んだり、ときには喧嘩をすることだってあるかもしれない。

けれど、ふたりで一緒にいればきっと大丈夫。

晴翔さんが傍にいてくれると、自然とそんな風に思える。

「晴翔さんが私を幸せにしてくれる分以上に、私も晴翔さんを幸せにするね」

だから、彼にたくさんの幸福を与えられる妻でありたい。

「だったら、俺はもっと幸せにするよ」

優しく微笑む晴翔さんが、私の体をそっと抱きしめる。

視線がぶつかれば、彼が私の唇に甘いキスを贈ってくれた。

＊＊＊

数度の四季を超え、日本はもうすぐ夏。

晴翔さんと結婚して四度目の記念日を迎える今日、私は三歳になった息子と一緒に飛行機に搭乗した。

息子の名前は空翔《そらと》。

彼から一文字もらい、飛行機が大好きな私たちらしく『空』という漢字を使うことにした。私たちに空港での思い出が多いことも、理由のひとつだ。

空翔は、晴翔さんにそっくりで、特に目元がよく似ている。

「ママ、パパは？　こっくんぴっとはみえないの？」

「ここからは見えないよ。ソラ、こっくんぴっとじゃなくて、コックピットね」

「うん！　こっくんぴっとでしょ！」

空翔は、二歳半を過ぎた頃から急に言葉が流暢になり始め、まだ舌足らずなりに随分と上手く意思の疎通ができるようになった。

「りりくしたらあえる？」

成長速度は至って平均的で、普段の会話は実に三歳児らしい。

けれど、航空用語は結構理解していて、そこだけはまったく三歳児っぽくない。

こうなったのは、間違いなく彼と私の影響だろう。

「パパが言ってたでしょ？『飛行機が着陸したら会えるよ』って」

「じゃあ、いまはあえない？　パパ、ソラといない？」

「うん。パパは今、コックピットにいるでしょ？　だから会えないよ」

空翔を連れて飛行機に乗るのは、今日が初めてじゃない。

空翔は飛行機が大好きで、一歳を過ぎた頃から何度か乗っているため、三歳にしては飛行機での移動に慣れていると思う。

ただ、今までは毎回必ず晴翔さんも一緒で、空翔とふたりきりだったことはない。

さらには、今回はこれまでで一番の長距離移動ということもあって、私は数日前からずっと不安と緊張でいっぱいだった。

空翔自身も、いつもなら隣にいるはずの晴翔さんがいないことが不満なのか、唇を小さく尖らせた。

「ソラ、ママがいるよ？」

「ママもパパも……」

「でも、パパとお約束してたでしょ？　『飛行機が着陸したらたくさん遊べるから、それまではママの言うことを聞いてね』って」

ハッとした顔になった空翔は、「そうだ……！」と呟いた。

「きょうはね、ソラがママをまもるの」

「え？」

「きのう、おふろでね、パパいったの。『いつもはパパがソラとママをまもるけど、ひこうきにのるときはソラがママをまもって』って」

得意げな笑顔になった空翔が、「パパとゆびきりした！」と小指を見せる。

空翔は、晴翔さんをとても尊敬している。

大好きな飛行機を操縦できるかっこいいパイロットがパパだ――ということは、空翔にとって戦隊ヒーローよりもすごいことなのだ。

三歳児に尊敬という概念はないだろうけれど、彼の言うことはよく聞き、仕事の話を聞かせてもらうときには憧れの眼差しを向けている。

『パパにとって空翔と同じくらいママは大事な人だから、パパがいないときは空翔がママを守ってあげて』

そして、晴翔さんがそんな風に言い聞かせているのが効いているのか、空翔は私にとても優しい。

まるで、彼の分身のように。

「ママ、だいじょうぶだよ。パパいなくても、ソラいるよ」

「うん、ありがとう」

空翔はさきほどまでの表情から一転、凛々しい顔つきで座席に腰掛けて「ママ、シートベルト！」とシートベルトの金具を持った。

「おいす、おっきいねぇ」

「今日はファーストクラスだからね」

「いっつもファーストクラスがいいね」

「それはちょっと難しいかな」

空翔も私も、ファーストクラスに乗るのは今日が初めて。

長時間移動と空翔と私のふたりだけということを考慮し、晴翔さんがあえてファーストクラスを取ってくれたのだ。

それでも心配はあったけれど、シートの間にある仕切りは上げ下ろしが自由で、私との距離が近いためか、空翔は緊張している様子はない。

むしろ、ＪＷＡのオリジナルグッズであるビニール製の飛行機のおもちゃを膨らませてあげたあとからは、それを眺めたり手に取ったりと楽しんでいる。

念のために持ってきた絵本やおもちゃには、見向きもしなかった。

シートはベッドになるから子どもでも眠りやすいだろうし、離陸後は目の前のモニターでアニメを観ているうちに眠ってしまうだろう。

最初は贅沢すぎないかと気になったものの、彼の提案を受け入れてよかった。

ファーストクラスは二歳未満だと利用できないけれど、そういう意味では〝すべてのタイミングが重なった〟とも言えるのかもしれない。

「ママ、このひこうき、いっぱいもらえる？」

これは、ファーストクラスを利用する子どもだけに配られるもの。

大人用のアメニティの代わりに、子どもにはおもちゃや絵本が用意されている。

「飛行機をもらえるのは今日だけよ。だから大事にしてね」

元気よく返事をした空翔は、両手で飛行機のおもちゃを抱えた。

そんな中、ドアクローズした飛行機がゆっくりと動き出し、ＣＡの挨拶から機内アナウンスが始まった。

『ＪＷＡローマ・フィウミチーノ空港行き八〇三便にご搭乗いただきまして、誠にありがとうございます』

お決まりのセリフ。

そのあとに続く言葉を待つ私は、緊張感に包まれる。

『この便の機長は天堂、チーフパーサーは……』

直後、鼓動が大きく高鳴った。

「ママ、きちょうはてんどうっていったよ！　パパでしょ⁉」

「うん、そうだよ」

私たちが乗っているこの便の最高責任者《キャプテン》は、晴翔さんなのだ。

彼だとわかった途端、空翔が興奮を噛みしめているのが手に取るようにわかり、今にも叫び出しそうな空翔に「しー、だよ」と人差し指を口元に当ててみせる。

空翔はハッとしたような顔になると、小さな手のひらで自分の口を塞いだ。

可愛らしい仕草に笑みが零れる。

その後、飛行機はランウェイを抜けて無事に離陸し、いつの間にか窓の外には地上からは見えない美しい景色が広がっていた。

「おそと、きれいだねぇ」

「そうだね。海も見えるよ」

『皆様、おはようございます。本日もジャパンウィングエアライン八〇三便をご利用いただきまして、誠にありがとうございます。操縦席より機長の天堂でございます』

上機嫌な空翔の様子にホッとしていると、機長の機内アナウンスが始まった。

すぐに「パパだ！」と笑顔になった空翔は、ワクワクした様子で晴翔さんの挨拶に聞き入っていた。

『当機は私、天堂のほか、機長、副機長の三名体勢で運航しております。また、現在は高度三万フィート上空を順調に飛行中でございます』

私たちに向けられるよりも、精悍さを纏った凛とした声。

仕事モードの彼は、付き合っていた頃のようで胸がときめいてしまう。

私は出産前に仕事を辞めたため、仕事中の晴翔さんの姿を見ることはなくなった。

そのせいで余計にドキドキするのかもしれない。

『私事ではございますが、本日、私、天堂は機長として初めて操縦桿を握っており、この日に皆様と空の旅を共にできることを大変光栄に思っております』

そんなことを考えていると、晴翔さんの口調が少しだけ柔和になった。

彼は今日、機長になって初めてのフライトだ。

この便の最高責任者は晴翔さんで、私たちはその記念すべき日に彼が操縦桿を握る飛行機で新婚旅行に向かう。

こんなにも最高のシチュエーションを演出してくれる旦那様は、きっと世界中を探しても彼しかいないと思う。

『また、当機には私の最愛の妻と息子が搭乗しており、ふたりはこれから初めてローマに降り立ちます』

「へっ……？」

幸せいっぱいの笑みが零れたとき、私と空翔のことが告げられた。

これは、機長の機内アナウンス。つまり、機内中に伝えられるもの。

近くにいたCAたちの羨望の眼差しを受け止めながらも、喜びと羞恥がない交ぜになった胸の奥が甘やかに締めつけられる。

『皆様にとっても素敵な旅路になりますよう、心より願っております。それでは、ローマのフィウミチーノ空港まで快適な空の旅をお楽しみくださいませ』

晴翔さんは、本当にいつだって私をドキドキさせる。

油断していた私の心は、彼への恋情でいっぱいになっていた——。


約十三時間のフライトは、お利口にしてくれていた空翔のおかげで快適だった。

ローマのフィウミチーノ空港で晴翔さんと落ち合い、ローマから出ている高速列車で一時間半近くをかけてナポリ中央駅へ。

そこからは本来ならバスで移動しなければいけなかったけれど、ナポリに住んでいる彼の大学時代の友人が目的地のアマルフィまで連れていってくれた。

ナポリからアマルフィまでは、車で約二時間。バス移動だとトイレもトイレ休憩もないらしく、空翔を連れている私たちにはとてもありがたい申し出だった。

晴翔さんの友人は、ナポリで日本食のお店を開いているのだとか。

復路でもナポリを経由するため、必ず立ち寄る約束をしてお礼を言って別れた。

機内でぐっすり眠った空翔は、まるで疲れている素振りがない。

それどころか、フィウミチーノ空港で晴翔さんに会ってからずっと興奮していて、高速列車でも車の中でも彼から離れなかった。

おかげで、機内での空翔の様子を報告して以降、私たちは空翔のおしゃべりに付き合うばかりだった。

彼とはまだ、ゆっくり話せていない。

ホテルに荷物を預け、少し休んでから外に出ると、アマルフィ海岸はちょうど夕日が沈む頃だった。

「綺麗……」

昼間の碧い海とは違った美しさを湛えた景色に、一瞬にして瞳が奪われる。

「ママ、すごいねぇ！　うみ、あおじゃなくて、オレンジだよ！」

思わず呟いた私の隣で、晴翔さんに抱っこしてもらっている空翔が驚き交じりの満面の笑みになる。

ぷくぷくの頬にも夕日が差して、オレンジ色に染まっていた。

「パパ、ここはくうこうないの？」

空翔は口を開けば、半分くらいは飛行機に関することばかり。

おかしくなるくらい、彼と私の遺伝子をしっかり引き継いでいる。

「アマルフィには空港はないよ。だから、空港から列車に乗って、パパの友達に車で送ってもらっただろ？」

「ひこうき、みえない？」

晴翔さんは「どうだろうな」と返し、空翔に優しい笑みを向けている。

そのまま海岸沿いを歩くことにした。

断崖に立ち並ぶ街は、西洋建築の美しさもあいまってジオラマのようにも思える。

実物だとわかっているのに作り物のようで、けれどそれよりもずっと明媚だった。

長時間の移動や、空翔を連れてくることへの不安なんて、ここに来た今はどうってことはなかったと思える。

美しい海と街に囲まれたこの場所には、それ以上の価値がある。

「晴翔さん、こんなに素敵なところに連れてきてくれてありがとう」

「四年も経ったけど、ようやく新婚旅行に来られたな」

「うん」

結婚式の夜に交わした約束が、たくさんの日々を超えてようやく叶った。

それも、晴翔さんが機長として初めて操縦桿を握る飛行機で空の旅をする――という、これ以上ないほどの素敵な形で。

彼から贈られたこの最高のプレゼントは、きっと一生忘れることができない。

「そうだ、機内アナウンス！」

そこでハッと思い出し、晴翔さんの顔を見た。

「ああ、驚いた？」

悪戯な笑みを浮かべる彼が、とても愛おしい。

「うん、すっごく」

あとでCAから聞いたことだけれど、晴翔さんの機内アナウンスにエコノミークラスの乗客からは大きな拍手が沸き上がっていたのだとか。

それを知ったときは恥ずかしかった。

けれど、彼がたくさんの人たちから祝福されているのだと思うと、笑顔が零れた。

「びっくりしすぎたし、CAさんたちにも見られてすごく恥ずかしかったんだから。

でもね――」

ふふっと笑って、背伸びをしながら晴翔さんの耳元に顔を近づける。

「すっごく嬉しかった」

そっと囁くと、彼が面映ゆそうに破顔した。

「機長として初めて搭乗するのは一生に一度のことだから、美羽と空翔にとって忘れられない思い出を作りたかったんだ」

晴翔さんの言葉に、鼓動が大きく高鳴る。

「職権乱用だけどね」

少し照れたように冗談めかした彼にドキドキして、瞳も心も捕らわれてしまう。

刹那、晴翔さんに唇を奪われた。

夕空を見上げている空翔の目を盗んで交わした、触れるだけのキス。

心がくすぐったくて、全身に甘やかな熱が広がる。

悪戯が成功した少年のように笑う彼を前に、胸の奥がきゅうぅっと戦慄いた。

恋情も愛情も、さらに大きくなっていく。

とどまることを知らないように、もっともっと……と言わんばかりに。

きっと、私はこの先もずっと、晴翔さんへの想いを膨らませていくのだろう。

「あっ、ひこうき！」

不意に空翔の明るい声が響き、彼と私の視線が自然と空に向く。

その先には、小さな飛行機の姿があった。

「かっこいいねぇ」

「ああ」

「そうだね」

「でも、パパのひこうきがいちばんかっこいい！　ねっ、ママ？」

「うん、ママもそう思う」

「あのねぇ、ないしょなんだけどね。ソラ、おおきくなったらパパみたいなパイロットになるんだぁ」

「それは楽しみだな。空翔がパイロットになったら、空翔が操縦する飛行機にパパとママを乗せてくれ」

「うん、いいよ！　ソラはこっくんぴっとで、パパとママはファーストクラスにのるの！　かっこよくごあいさつもするからね」

晴翔さんと私から、幸せいっぱいの笑みが零れる。

夕焼けと夜が混ざったような空と、その下に広がる海と街。

夢のように美しい景観に囲まれる中、私たち三人は異国の大空を翔ける飛行機を見送った——。

エピローグ　Side Haruto

夏と秋を駆け抜け、今年もそろそろクリスマスを迎える頃。

ブリーフィングを終えた俺は、搭乗予定の飛行機へと向かっていた。

今日のフライト先は、ローマのフィウミチーノ空港。

新婚旅行からまだ半年しか経っていないというのに、なんだか懐古感のようなものが芽生えてくる。

あの旅行では、現地に着いた翌日からアマルフィ海岸を始め、街やアマルフィ大聖堂、ソレントやポジターノにも訪れた。

他にも、クルーズ船でプライベートクルーズを楽しんだり、海岸やホテルでゆっくり過ごしたりと、とても穏やかな日々だった。

カプリ島にも足を延ばそうかとも話していたが、結局はずっとアマルフィで過ごし、五日目にはナポリに滞在した。

アマルフィではレモンやオリーブを使った魚介料理を好んで食べていたが、美羽と空翔が一番喜んだのは俺の友人が経営する日本食専門店での食事だった。

イタリアに着いて五日目だったこともあり、日本食への恋しさもあったのだろう。

けれど、なによりも、そこで出された料理が本当においしかったからに違いない。

店は盛況のようで、ナポリはもちろん、近郊都市からも訪れる人が多いのだとか。

そんな中、友人は窓際のテーブルを準備し、細やかな気遣いでもてなしてくれた。

本当に感謝しかない。

翌日はローマに戻り、夜の便で帰国したが、空翔は飛行機に搭乗しても『もっと遊びたい』と連呼していた。

三歳の空翔があの日のことをどのくらい覚えているのか、そして大きくなっても思い出してくれるのか。

いつか成長した空翔とあの日のことを語れる日が来れば嬉しいと思う。

そんなことを考えながらボーディングブリッジを渡っていると、第二ターミナルの展望デッキに見慣れた人影がふたつ見えた。

愛おしい妻と、目に入れても痛くないほど可愛い息子。

彼女は、今日からしばらく日本を離れる俺の見送りを兼ね、空翔を連れて空港に遊びに来たのだろう。

もしくは、空翔にせがまれたのかもしれない。

俺の姿に気づいたらしい美羽が、優しい表情で空翔を抱き上げてこちらを指差す。

直後、空翔の顔がパッと輝き、小さな手を大きく振った。

笑顔で動く唇は、『パパ！』とでも言っているに違いない。

思わず笑みを零して手を振り返したが、すぐに心配でたまらなくなった。

空翔を抱く彼女の中には、新たな命が宿っているからだ。

出産予定日は三月三日頃で、お腹ももう膨らんでいることがはっきりとわかる。

つわりはひどくないようだが、先週で四歳になった空翔を抱き上げるのはラクではないはずだ。

こういうとき、傍にいられないことが歯がゆい。

国内ならまだしも、海外に発てば最低でも数日は戻れないため、今は特に美羽が心配でたまらなかった。

空翔は聞き分けがよく、美羽のことが本当に大好きで、まるで俺の真似をするかのように彼女を大切にしてくれている。

ママを大事にする姿は、四歳児とは思えないほど逞しく、男らしさもある。

とはいえ、まだまだ甘えたい盛り。

空翔は頻繁に抱っこをせがみ、毎晩一緒に眠りたがり、ときには美羽から離れないこともある。

彼女のお腹に赤ちゃんがいることは少し前に伝えたため、赤ちゃん返りをしているようでもあった。

そんな中で美羽の傍にいられないのは、どうしても心配でたまらない。

反して、彼女の方はあっけらかんとしたものだった。

『初めての妊娠じゃないし、つわりもひどくないから大丈夫だよ。どうしても大変なときは、両親に助けを求めるから』

笑顔の美羽は、実に凛としていた。

『それに、心はいつも繋がってるでしょ？』

挙句、そんな風に言われてしまい、頷くほかなかった。

美羽の前ではいつだって頼れる夫でいたいのに、相変わらず俺の方が彼女に支えられている。

空翔が生まれてからは、美羽はさらにしっかりしているように思えるくらいだ。

出掛ける前にはいつも通りキスを交わしたが、そのときだって名残惜しさと寂しさを抱く俺に反し、彼女は空翔とともに笑顔で見送ってくれたのだから。

敵わないな、という気持ちにさせられたのは言うまでもない。

今朝のことを思い出して小さく漏れた苦笑を隠すように、足早にコックピットに向かった。

機体の点検を終えてから、再びコックピットに戻る。

展望デッキには、美羽と空翔の姿があった。

一度はターミナルビル内に入っていたようだが、離陸の時間に合わせてまた戻ってきたのだろう。

寒空の下、俺に気づいたふたりが満面の笑みでこちらに手を振る。

軽く手を振り返すと、俺に向けられていた笑顔がさらに輝きを増した。

「おっ、美羽ちゃんと空翔くん、見送りに来てたのか」

コーパイとして同乗している佐藤も、美羽たちに気づいたらしい。

展望デッキに向かって手を振りながら、「相変わらず愛されてるねぇ」と笑った。

「まあ、それはお前もか。機長になって最初の機内アナウンスは、うちの伝説だもんなー！　いやぁ、あのときの便に乗っててよかった」

「その話は今しなくていいだろ」

「和ませてやってるんだよ」

からかってくる佐藤に眉を寄せ、ため息を漏らす。

「俺も佐藤と同じ気持ちだよ。天堂の貴重な姿が見られて嬉しかった」

すると、今度は背後から穏やかな声が飛んできた。

「栗原さんまで……。からかうのはやめてください」

「少なくとも、俺が退任するまでは後輩たちに語り継いでいくよ」

冗談とも本気ともつかない言葉に、「本当にやめてください」と返す。

あの日の機内アナウンスに美羽と空翔へのメッセージを込めたことは、決して後悔していない。

職権乱用だったかもしれないが、ふたりにとっても一生の思い出になるようにしたかったし、実際にとても喜んでくれたからだ。

ただ、あの便に同乗していた機長とコーパイが栗原さんと佐藤だったため、半年が経った今でもこうしてからかわれてしまうことだけがいたたまれなかった。

もっとも、コックピットにいたのがこのふたり以外のパイロットなら、ああいったメッセージは口にしなかった気もするけれど。

「さて、冗談はここまでだ。そろそろ時間だぞ」

俺と佐藤がほぼ同時に「ラジャー」と返し、三人の表情が真剣なものになる。

「天堂、佐藤、フライトは？」

聞き慣れた問いかけに、俺と佐藤が同時に口を開く。

「常に冷静に、安心安全を心掛ける。そして、パイロットも空の旅を楽しむ」

栗原さんの教え通りに答えた声が綺麗に重なると、満足げな表情が返ってきた。

「さすが俺の可愛い後輩たちだ」

栗原さんは嬉しそうに微笑み、右手を差し出した。

「いいフライトにしよう。頼むぞ、天堂キャプテン、佐藤副機長」

「ラジャー」

三人で順番に握手をすると、和やかだった空気がグッと引き締まる。

次いで、コックピットが心地好い緊張感に包まれた。


あの春の夜、美羽をナンパまがいの男から救ったときには、彼女と夫婦になる日が来るなんて想像もしていなかった。

ところが、今は美羽が隣にいないことがまったく想像できない。

彼女や空翔のいない人生なんてなにがあっても考えられない……と思うのだ。

これから幾年の月日が過ぎ、歳を重ねていっても、俺の中にある美羽への想いは色褪せることはなく、きっと彼女を生涯愛しているだろう。

そう胸を張って言える。

この先も美羽の笑顔はもちろん、ふたりの宝物である空翔と彼女の体に宿っている新しい命を守っていこう。

これから向かうのは、どこまでも高く遠い空。

俺がパイロットでいる限り、美羽と俺は地上と空という遠く離れた場所にいることが多く、リスクだってゼロではない。

けれど、俺には、彼女と空翔、そして新しく生まれてくる子どもが待っている。

だから、どんなに大きな困難に遭っても、必ず愛する家族のもとに帰る。

強く誓った想いを胸に、ゆっくりと深呼吸をする。

「Tokyo tower, Japan Wing Air803, ready.」

そして、美羽と空翔の姿をしっかりと目に焼きつけ、これから大空を翔ける銀翼の操縦桿を力強く握った——。

END

あとがき

このたびは、『エリートパイロットは初心な彼女への滴る最愛欲を隠せない』をお手に取ってくださり、本当にありがとうございます。河野美姫《かわのみき》です。

今作を執筆するにあたり、編集部様からヒーローの職業に『パイロット』のリクエストをいただいたのは約一年前のこと。

いつか書きたいと思っていたものの、難しそうで避けていた職業だったので、不安と緊張、そして楽しみな気持ちを抱えながら草案を作ったことを覚えています。

航空用語を始め、とにかくわからないことばかりだった上、パイロットとして世界を飛び回るヒーローだからこそ時差や時系列に四苦八苦しましたが、こうしてまたひとつ新しいことに挑戦させていただく機会に恵まれ、とても嬉しく思っています。

ひとえに、いつも温かく見守ってくださっている方々のおかげです。

ちなみに、晴翔は、前作『目覚めたら、ママになっていました～一途な社長に子どもごと愛し尽くされています～』のヒーローの親友、蒼の弟です。

前作の執筆中から、私の中では蒼には兄弟がいる設定はあり、制服を着る職業に就いているイメージでしたが、そのときは出番も特に掘り下げることもなく……。

ですが、タイミングよくこんな形でお送りすることができました。

また、恒例のように既刊の会社名なんかも出ていますので、そういう小さな遊びにも気づいてくださった方がいらっしゃれば嬉しいです。

最後になりましたが、細やかにご指南くださった担当様、ご縁をくださったマーマレード文庫編集部様、作品に携わってくださった皆様に、心よりお礼申し上げます。

カバーイラストを担当してくださいました、れの子《こ》先生。素敵な晴翔と美羽を描いてくださり、感謝の言葉しかありません。パイロット制服姿の晴翔の色気がダダ漏れで、あまりのかっこよさに感激しておりました。

そして、いつも応援してくださっている皆様と今これを読んでくださっているあなたに、精一杯の感謝を込めて。本当にありがとうございます。

皆様とまたどこかでお会いできますよう、今後とも精進してまいります——。

河野美姫

マーマレード文庫

エリートパイロットは
初心な彼女への滴る最愛欲を隠せない

2023年1月15日　第1刷発行　定価はカバーに表示してあります

著者　河野美姫　©MIKI KAWANO 2023
編集　株式会社エースクリエイター
発行人　鈴木幸辰
発行所　株式会社ハーパーコリンズ・ジャパン
東京都千代田区大手町1-5-1
電話　03-6269-2883（営業）
0570-008091（読者サービス係）
印刷・製本　中央精版印刷株式会社

Printed in Japan ©K.K. HarperCollins Japan 2023
ISBN-978-4-596-75954-2

m a r m a l a d e b u n k o